Manuela Kusterer

DIE LIEBE, DAS LEBEN

UND DIE TÄGLICHEN

KATASTROPHEN

Roman

© 2017 Manuela Kusterer
3. Auflage November 2021
Covergestaltung: Hermann Litau, All:Airt
Zeichnungen: Gertrude Gebauer
Herstellung und Verlag: BoD – Books on
Demand, Norderstedt
ISBN: 9783746008998

Manuela Kusterer, in Pforzheim geboren, Jahrgang 1964, lebt heute mit ihrem Mann und ihren zwei erwachsenen Söhnen in der Nähe von Karlsruhe. Ihr Roman spielt in Pforzheim.

Besuchen Sie die Autorin im Internet:
www.manuelakusterer.com
oder in Facebook:
@AutorinManuelaKusterer

Buch

Eigentlich hat Eliane alles, was das Herz begehrt, einen gut verdienenden Mann, ein schönes Haus in einer guten Lage in Pforzheim, eine Haushaltshilfe, einen Gärtner und genügend Geld, um ein angenehmes Leben führen zu können. Aber wirklich glücklich ist sie nicht. In ihrer Ehe kriselt es, außerdem langweilt sie sich. Ihren Traum, ein eigenes Café zu eröffnen, kann sie nicht verwirklichen, weil ihr Ehemann dagegen ist.
Ihre oberflächlichen Freundinnen Vivienne und Tamara sind ihr keine große Hilfe bei der Lösung ihrer Probleme. Dann wird Eliane von einigen heftigen Schicksalsschlägen getroffen. Wird sie dadurch erkennen, was und vor allem wer wirklich wichtig ist im Leben?

Dieses Buch widme ich meinem Mann

Peter

Freundinnen

Eliane Sommerfeld versuchte mit ihren Freundinnen Schritt zu halten. Diese hasteten durch die Fußgängerzone, als ob es kein Morgen gäbe. Sie selbst wäre eigentlich lieber zu Hause geblieben und hätte sich gerne mal so richtig ausgesprochen und die beiden um ihren Rat gefragt. Irgendetwas stimmte in ihrer Ehe nicht. Lange wollte Eliane es sich nicht eingestehen, aber sie fühlte sich schon seit Wochen in der Gegenwart von Harald nicht mehr so richtig entspannt. Oft war er übellaunig und immer häufiger bekamen sie wegen Nichtigkeiten Streit.

Deshalb hatte sie Vivienne und Tamara vorgeschlagen, bei ihr einen Kaffee zu trinken. Sie hatte einen Apfelkuchen gebacken, denn, wenn Eliane irgendetwas konnte, dann war es backen. Sie hatte es nicht nötig zu arbeiten, ihr fehlte es an nichts. Ihr Mann wollte nicht, dass sie arbeiten ging, denn das würde ihn in einem schlechten Bild erscheinen lassen. Es gab eigentlich nichts zu tun. Für den Haushalt war die Putzfrau zuständig, für den Garten ein Gärtner und die Bügelwäsche wurde regelmäßig abgeholt. Sie besaßen ein riesengroßes Haus, ganz nach ihrem Geschmack eingerichtet, was wollte sie eigentlich mehr.

Ja, was will ich eigentlich, fragte sich Eliane auch jetzt gerade wieder, während sie ihren Freundinnen hinterher trottete, die viel lieber shoppen gehen wollten, als ihr zuzuhören.

»Hey Eliane, wo bleibst du denn«, rief Tamara ungeduldig. »Da vorne ist die weltbeste Boutique. Da gibt es diese neue italienische Kollektion.«

»Was machst du denn für ein Gesicht?«, wollte nun auch Vivienne wissen.

»Ich komme ja schon«, seufzte Eliane. Sie hatte überhaupt keine Lust, sich irgendetwas zum Anziehen zu kaufen. Ihr Kleiderschrank quoll über, aber sie wollte die beiden auch nicht enttäuschen. Schließlich waren es nicht nur ihre besten, sondern auch ihre einzigen Freundinnen. Sie betrat mit ihnen den Luxusladen, schaute sich lustlos die eine oder andere Bluse an und hing weiterhin ihren Gedanken nach. Sie konnte den lieben, langen Tag machen, was sie wollte. Tennis spielen, sich massieren lassen, zum Friseur, zur Maniküre und in die teuersten Restaurants gehen. Ihr Mann hatte als Bankdirektor ein sehr gutes Einkommen und alles, was er von ihr verlangte, war, vor seinen Kollegen und Freunden, die perfekte Ehefrau abzugeben.

Das ist doch wirklich nicht zuviel verlangt, hing sie weiterhin ihren Gedanken nach.

Aber jetzt wollte er auch noch, dass sie einen Kurs im Golfspielen belegte und das war einfach zuviel. Sie konnte sich nichts Langweiligeres vorstellen, als Golf zu spielen.

Wenn Harald doch wenigstens zustimmen und mich ein Café eröffnen lassen würde, grübelte sie weiter und schaute sich lustlos einige Blusen an. Das war schon immer ihr Traum gewesen. Das Startkapital wäre kein Problem, das wusste Eliane. Aber nein, wie würde ihr Mann denn da vor seinen reichen Freunden dastehen.

»Also Eliane, das macht heute überhaupt keinen Spaß mit dir«, beschwerten sich ihre Freundinnen und bemerkten überhaupt nicht, dass sie kaum ihre Tränen zurückhalten konnte. Dazu kam noch, dass sie sich energielos und ausgebrannt fühlte.

Sie würde doch nicht noch eine Depression bekommen. Das fehlte noch, eine Bekannte hatte das mal gehabt, da hatte es auch so angefangen. Nein, ich muss mich zusammenreißen, dachte Eliane, drehte sie sich um, zauberte ein etwas gekünsteltes Lächeln auf ihr Gesicht und meinte: »Ihr habt ja recht, lasst uns etwas trinken gehen. Oder wollt ihr noch weiterhin Klamotten kaufen?«

»Wir können ja beides machen«, antwortete Vivienne und Tamara nickte zustimmend. So verließen sie, nachdem Elianes Freundinnen ihre ausgewählten Kleidungsstücke bezahlt hatten - einige hundert Euro weniger in der Tasche - den Laden um im nächsten Café Cocktails zu trinken.

...

Müde stieg Eliane, nachdem Vivienne vor ihrem Haus angehalten hatte, aus deren Auto.
Sie wohnte in der Friedenstraße, die sich in einem noblen Wohnviertel in Pforzheim befand.
Ihre beiden Freundinnen hatten keine Lust, mit ins Haus zu kommen. Stattdessen fuhr Vivienne ciligst davon und Tamara, die sich vorne auf dem Beifahrersitz befand, winkte ihr fröhlich zum Abschied aus dem Seitenfenster zu. Eliane war ihnen heute einfach zu langweilig gewesen. Niedergeschlagen sah sie den beiden nach und blieb unschlüssig auf dem Gehweg stehen. Sie hatte

einfach keine Lust, die nächsten Stunden alleine zu verbringen. Aber irgendwie waren die beiden heute auch nicht länger zu ertragen gewesen. Harald würde wahrscheinlich wieder sehr spät nach Hause kommen. Das kam in letzter Zeit immer häufiger vor.

Während Eliane noch überlegte, was sie tun könnte, sah sie zwei Frauen auf sich zukommen. Es handelte sich dabei um Klara Bender und Rebecca Weber. Sie kannte die beiden noch aus der Schulzeit. Diese wohnten ein paar Straßen entfernt in einer einfachen Gegend.

In einem Wohnblock hatten sie zusammen mit Timo Mertens – Eliane kannte ihn flüchtig – eine Wohnung gemietet und eine Wohngemeinschaft gegründet. Sie hatte schon damals mit Klara und deren Freundinnen wenige Gemeinsamkeiten. Allerdings war es ausgerechnet Klara, die sie in letzter Zeit des Öfteren eingeladen hatte, zusammen mit ihr einen Kaffee trinken zu gehen. Eliane hatte immer abgelehnt und auch jetzt nicht die Absicht, eine Freundschaft zwischen ihr und Klara entstehen zu lassen, denn es war für sie unvorstellbar, sich ihren Mann in der Gesellschaft mit den dreien aus der WG vorzustellen. Allein schon Timo, wie er mit seinen längeren, lockigen dunklen Haaren und der legeren Kleidung durch die Gegend lief. Ihr Mann Harald dagegen sah immer aus, wie aus dem Ei gepellt. Man sah ihn meistens nur im Anzug. Sein blonder Kurzhaarschnitt war immer akkurat gestylt und selbst zu Hause trug er nie eine einfache Jogginghose, höchstens mal im Sommer eine kurze Shorts.

Inzwischen hatten Klara und Rebecca Eliane erreicht. Klara begrüßte sie auch sogleich mit den Worten: »Hi Eli, wie geht es dir?«

Eliane verzog das Gesicht, sie mochte es nicht, wenn man sie so nannte. Deshalb antwortete sie mit abweisender Miene: »Mir geht es gut und selbst?« Ihr etwas arroganter Blick wurde durch die - mit einem Glätteisen perfekt geglätteten - blonden, halblangen Haaren noch verstärkt. Trotzdem war da etwas Weiches in ihrem Gesicht, das durch zwei kleine Grübchen rechts und links in ihren Wangen, noch verstärkt wurde. Klara war jedes Mal, wenn sie sich sahen, fasziniert von Elianes Schönheit. Sie sah sowieso in jedem Menschen nur das Gute. Deswegen wurde sie oft von ihren Mitbewohnern belächelt. Aber gerade deshalb liebten Rebecca und Timo ihre Freundin auch so innig. Sie konnte einfach keiner Fliege etwas zuleide tun und wollte es immer allen recht machen.

Bevor die drei sich zu einer Wohngemeinschaft zusammengeschlossen hatten, waren Rebecca und Timo für kurze Zeit ein Paar gewesen. Sie hatten sich im Guten getrennt und zusammen mit Klara verband sie nun eine tiefe Freundschaft.

»Auch ganz okay«, antwortete nun Klara. Dabei schüttelte sie ihre dunkle, lange Lockenmähne, die ihr das Gesicht kurzfristig bedeckt hatte. »Magst du mit zu uns kommen? Wir wollen zusammen einen Kaffee trinken? Rebecca hat einen wunderbaren Kuchen gebacken.«

Rebecca schüttelte unauffällig den Kopf und dachte, die lernt es nie, dass Eliane meint, etwas Besseres zu sein und sich niemals zusammen mit uns an einen Tisch setzen wird.

Diese antwortete auch sogleich: »Nein danke, ich habe selbst gebacken und bekomme gleich Besuch.«

»Okay, kann man nichts machen, vielleicht ein anderes Mal«, äußerte sich Klara enttäuscht.

»Vielleicht«, entgegnete Eliane und verschwand nach einem kurzen „Ciao" in ihrem Haus.

Dort setzte sie sich in der Küche an den rechteckigen, massiven Holztisch, starrte ihren selbstgebackenen Apfelkuchen an und fühlte sich so unglücklich, wie schon lange nicht mehr. Natürlich erwartete sie keinen Besuch, wer sollte schon kommen? Ihre einzigen Freundinnen hatten ja keine Lust gehabt, den restlichen Nachmittag mit ihr zu verbringen. Dabei hätte sie sich so dringend mal aussprechen müssen. Ein paar Tränen liefen ihr übers Gesicht.

Energisch wischte sie diese weg und dachte, was ist nur los mit mir? Vielleicht sollte ich mir einen guten Therapeuten suchen.

Eliane saß immer noch in unveränderter Haltung auf dem Küchenstuhl, als sie hörte, wie Harald den Schlüssel ins Türschloss steckte. Verwundert schaute sie auf ihre goldene Armbanduhr und stellte fest, dass es schon 18 Uhr war. Was machte ihr Mann um diese Zeit zuhause? Das hatte es seit Monaten nicht mehr gegeben. Da kam dieser auch schon mit ernstem Gesicht in die Küche und sagte anstelle einer Begrüßung: »Ich muss mit dir reden, lass uns ins Wohnzimmer gehen.«

Eliane sah ihn erstaunt an, folgte ihm aber, ohne Fragen zu stellen. Sie setzte sich auf das cremefarbene Sofa, das rechts neben dem hellen, offenen Kamin platziert war. Gegenüber befand sich ein extravaganter Sessel, in der gleichen Farbe und ebenfalls aus Leder. Harald lief unruhig in dem großen Zimmer auf und ab.

»Kannst du dich nicht setzen, du machst mich nervös«, presste Eliane nun doch hervor. Harald nahm wortlos Platz und legte seinen Geldbeutel und das Handy, das er die ganze Zeit in der Hand gehalten hatte, vor sich auf den niedrigen Couchtisch aus Glas. Man konnte ihm ansehen, dass er mit sich kämpfte, schließlich sagte er: »Du hast sicherlich selbst bemerkt, dass wir uns in letzter Zeit nicht so gut verstanden haben....«

»Ja«, flüsterte Eliane leise, aber......«

»Und geschlafen haben wir auch kaum miteinander.«

»Was möchtest du mir damit sagen?«

Harald schwieg einen Moment, es fiel ihm schwer, die richtigen Worte zu finden, bis es schließlich aus ihm herausprudelte: »Ich liebe dich nicht mehr! Ich werde dich verlassen! Ich gehe noch heute! Du kannst bis auf Weiteres hier im Haus bleiben. Ich überlege in Ruhe, wie wir das weiterhin machen können. Ein halbes Jahr können wir so ohne Probleme verkraften. Vielleicht auch länger«, fügte er hinzu, als er das fassungslose Gesicht seiner Frau sah.

»Hast du eine andere?«, stieß Eliane hervor, nachdem sich ihre Schockstarre etwas gelöst hatte.

»Das spielt doch keine Rolle. Du wirst doch selbst gemerkt haben, dass wir uns in den letzten Monaten nicht mehr allzu viel zu sagen hatten.«

Eliane öffnete den Mund, um etwas zu entgegnen, überlegte es sich dann aber wieder. Sie kannte ihren Mann. Sie wusste, wenn Harald sich für etwas entschieden hatte, war es sinnlos, ihn umzustimmen. Außerdem musste sie sich erst einmal sammeln. Ihr war, als ob ihr jemand den Boden unter den Füßen weggezogen hätte und sie konnte keinen klaren Gedanken fassen. Harald nutze die Pause und erhob sich, indem er sagte: »Ich werde am Wochenende meine Sachen packen, das Nötigste habe ich schon gestern mitgenommen.«

Er ging zur Tür und Eliane hörte, immer noch fassungslos, die Tür ins Schloss fallen. Ihr war gestern schon die gepackte Reisetasche in ihrem gemeinsamen Schlafzimmer aufgefallen, hatte sich aber nichts dabei gedacht. Auf einmal wurde ihr das ganze Ausmaß des soeben Geschehenen bewusst. Sie schlug sie Hände vors Gesicht und weinte hemmungslos.

Vier Wochen später

Verzweiflung

Eliane erwachte mit dröhnenden Kopfschmerzen. Es dauerte eine Weile, bis sie sich orientieren konnte. Ach ja, sie hatte gestern Abend eine ganze Flasche Rotwein getrunken und musste sich nun zwingen, aufzustehen. Aber ihr blieb nichts anderes übrig, denn ihre Blase war so voll, dass sie zu platzen drohte. Sie schwankte Richtung Toilette, stöhnte laut auf und schaffte es gerade noch den Deckel zu heben, sich nach vorne zu beugen und schon musste sie sich übergeben.

Mit weichen Knien ging sie anschließend zum Waschbecken, um sich kaltes Wasser ins Gesicht zu schütten. Das musste aufhören. Ihr wurde bewusst, dass sie zurzeit jeden Abend Alkohol trank und inzwischen schon fast eine Flasche Wein benötigte, um abschalten zu können. Eliane verließ das Haus nur noch, um das Nötigste einzukaufen. Da sie kaum noch etwas essen konnte, war das nicht allzu viel.

In der Küche angekommen, schimpfte sie laut vor sich hin, weil leere Flaschen im Weg lagen, die sich in den letzten Tagen auf dem Fußboden angesammelt hatten. Angeekelt starrte sie das dreckige Geschirr an, das sich in der Spüle stapelte. Es gelang ihr abends nicht einmal mehr, es in die Spülmaschine zu räumen.

Der Putzfrau hatte Harald gekündigt, da er meinte, dass sie ja nun Zeit genug hätte, ihren Haushalt selbst erledigen zu können. Eigentlich war sie auch ganz froh darüber, denn sie wollte sowieso im Moment ihre Ruhe und niemanden sehen. Nur die Sehnsucht nach ihren Freundinnen war da, die sich aber, seit Vivienne wusste, dass Harald ausgezogen war, nicht mehr gemeldet hatten.

Eliane wankte zur Kaffeemaschine und machte sich daran, Kaffee aufzusetzen. Harald war, nachdem er sie vor vier Wochen verlassen hatte, wie angedroht, am darauffolgenden Wochenende noch einmal dagewesen, um seine restlichen Sachen zu holen. Schweigend hatte er dieses erledigt und seitdem hatte sie ihn auch nicht mehr zu Gesicht bekommen.

Erschrocken fuhr sie herum, als das laute Klingeln der Haustür ertönte. Wer kann das sein, dachte sie panisch, leise zur Tür schleichend, als die Stimme ihrer Mutter ertönte: »Eliane, mach auf, ich weiß, dass du da bist.«

Stocksteif blieb Eliane stehen. Ihre Mutter war die Letzte, die sie jetzt sehen wollte. Es gab aber keinen Ausweg, weil Brigitte nicht gehen würde. Deshalb öffnete sie die Tür. Ihre Mutter drückte sich an ihr vorbei und ging direkt in die Küche. Dort blieb sie fassungslos stehen, als sie das Chaos sah, das dort herrschte. Empört drehte sich

Brigitte zu ihrer Tochter um und sagte: »Bist du wahnsinnig geworden? Das hier ist ja ekelhaft.«

Eliane stockte der Atem. Sie wollte etwas erwidern, aber die Worte blieben ihr im Hals stecken. Tränen liefen ihr übers Gesicht. In den ersten Tagen, nachdem Harald ausgezogen war, hatte sie einmal kurz mit ihrer Mutter telefoniert und ihr erzählt, dass Harald eine Geliebte habe und gegangen sei. Seitdem hatte sie von ihr nichts mehr gehört, bis zum heutigen Tag und nun dieser Auftritt. Eliane war in guten Verhältnissen aufgewachsen, aber reich waren ihre Eltern nie gewesen. Ihre Mutter war schon immer von der gehobenen Gesellschaft angezogen worden. In ihrem Umfeld gab es einige Freundinnen, die sich um Geld keine Sorgen machen mussten. Nach dem Tod ihres Vaters, hatte sich das noch verstärkt. Brigitte gab sich mit ihrem frühren Freundeskreis gar nicht mehr ab und verbrachte ihre Freizeit nur noch in der sozusagen „besseren Gesellschaft". Umso mehr freute sie sich, als Eliane diesen gutaussehenden, wohlhabenden Mann an Land gezogen und ihn schließlich auch geheiratet hatte. Sie war damals vollkommen aus dem Häuschen gewesen. Regelmäßig besuchte sie ihre Tochter und Harald und verstand sich auch wunderbar mit ihrem Schwiegersohn.

Brigitte sagte nun schnaubend: »Und da wunderst du dich, dass dir dein Mann davonläuft?«

Nun kroch so eine Wut in Eliane auf, dass sie ihren Arm ausstreckte, mit dem Zeigefinger zur Haustür zeigte und mit festem, hartem Tonfall sagte: »Verlasse sofort mein Haus!«

Brigitte schaute ihre Tochter überrascht und fassungslos an, wollte zum Sprechen ansetzen, überlegte es sich aber anders, stapfte über die am Boden liegenden Flaschen hinweg zur Eingangstür und verließ wütend das Haus, wobei sie die Tür besonders laut zufallen ließ.

Eliane schleppte sich ins Wohnzimmer, ließ sich auf die Couch sinken und weinte bitterlich. Sie wurde von heftigen Weinkrämpfen geschüttelt. Der ganze Kummer der letzten Wochen brach aus ihr heraus.

Es war ungefähr eine Stunde vergangen, Eliane konnte nicht mehr weinen, aber sie fühlte sich besser. Sie hatte einfach mal ihre Tränen laufen lassen, ohne sich ständig zu ermahnen, dass sie sich zusammenreißen müsse. Sie spürte wieder etwas Kraft in sich. Auf einmal wusste sie, was zu tun war. Sie musste ihr Leben selbst in die Hand nehmen. Es war das erste Mal, dass sie vollkommen auf sich alleine gestellt war. Aber vielleicht war dies ja eine Gelegenheit endlich etwas daraus zu machen. Sie war von ihrer Mutter zwar noch nie geliebt worden - zumindest empfand Eliane das so -, aber als sie noch zuhause gelebt hatte, hatte diese wenigstens für sie gesorgt und ihr gesagt, was sie zu tun und zu lassen hätte. Dann lernte sie Harald kennen, war direkt bei ihm in seine damalige komfortable Wohnung eingezogen und zwei Jahre später waren sie verheiratet. Das war jetzt sechs Jahre her. Und bis vor einem Jahr war sie auch glücklich gewesen. Ja, zu diesem Zeitpunkt hatte es angefangen, dass Harald immer später Feierabend machte und sie sich immer weniger zu sagen hatten. Vielleicht hat er schon seit Längerem eine andere, überlegte sich Eliane. Sie wollte es sich nur bis vor vier Wochen nicht wirklich eingestehen, dass da irgendetwas schief lief. »Aber jetzt ist Schluss!«, rief sie laut zu ihrer eigenen Bestätigung, sprang auf, ging mit neuem Schwung in die Küche und begann aufzuräumen.

Zwei Stunden später war Eliane fertig, zumindest mit der Küche. Ihr Körper kam ihr von der ungewohnten Arbeit wie gefoltert vor, aber sie war mit sich zufrieden und hatte sogar vorübergehend ihre Kopfschmerzen vergessen. Allerdings begann es sogleich in ihrem Kopf wieder zu hämmern, als sie daran dachte. Sie schluckte eine Schmerztablette und bemerkte zu ihrer Verwunderung, dass sie hungrig war.
Leider war so gut wie nichts Essbares im Haus. Nachdem nun endlich der Kaffee fertig war - Harald war gegen einen Kaffeevollautomaten gewesen, weil ihm der Filterkaffee besser

schmeckte -, genehmigte sie sich zwei Tassen davon. Anschließend beschloss Eliane, einkaufen zu gehen und verließ nach einer Katzenwäsche das Haus. Sie war vor lauter Hunger schon ganz schwach. Trotzdem ließ sie sich Zeit und schlenderte langsam die Friedenstraße Richtung Schwarzwaldstraße entlang. Eliane musste den Berg hinunter in die Stadt gehen, um zu dem kleinen Feinkostladen zu gelangen, der sich unten in der Hohlstraße befand. Da es heute herrliches Wetter war und sie mit diesen Kopfschmerzen nicht Autofahren wollte, entschied sie sich, zu diesem kleinen Lebensmittelgeschäft zu gehen. Eigentlich war es eine Bäckerei, die aber auch eine begrenzte Auswahl an Lebensmitteln anbot. Das Geschäft befand sich in einer ruhigen Seitenstraße und war gut erreichbar.

Eliane wunderte sich über sich selbst, denn sie konnte auf einmal doch tatsächlich, während sie Richtung Innenstadt hinunterschlenderte, das schöne Wetter genießen. Ihr gefiel es immer wieder, all die alten Villen, von denen es hier in der Friedenstraße noch einige gab, zu bewundern. Sie bog nun rechts ab, um den Berg der Schwarzwaldstraße hinunterzugehen und beschloss, keinen Tropfen Alkohol mehr zu trinken. Na ja, vielleicht nicht für immer, aber vorerst. Es wäre doch gelacht, wenn sie ihr Leben nicht auch ohne Harald in den Griff bekommen würde. Zum ersten Mal dachte sie nach und gestand sich ein, dass es seit ungefähr einem halben Jahr doch sehr in ihrer Ehe gekriselt hatte. Vielleicht passte Harald auch überhaupt nicht zu ihr. Eliane holte tief Luft und fühlte sich wie befreit. Inzwischen war sie unten angekommen. Hier befanden sich auf der rechten Seite einige Mehrfamilienhäuser und ebenfalls der Wohnblock, in dem Klara, Rebecca und Timo wohnten. Seltsam, dass sie jetzt daran denken musste, mit den dreien hatte sie nun wirklich nichts zu tun. Eliane bog rechts in die Hohlstraße ein, in der sich auch der kleine Laden befand. Sie wollte gerade auf die andere Seite überwechseln, als ihr Blick an der Dönerbude hängenblieb, die sich am Anfang der Straße befand. Mehrere Männer waren damit beschäftigt, das Geschäft auszuräumen. Einer von ihnen, der rückwärts ging, weil er zusammen mit einem anderen Mann einen schweren Gegenstand trug, hätte sie fast angerempelt. Erschrocken starrte er Eliane an und fragte: »Kann ich Ihnen irgendwie helfen? Suchen Sie jemanden?«

»Äh, nein«, stotterte Eliane etwas herum. »Wird die Dönerbude geschlossen?«

»Ja«, antwortete der Mann zögernd, weil er sich dachte, dass Eliane nicht so aussah, als ob sie die Döner vermissen würde. Während er mit seinem Kollegen weiter ging, weil der Gegenstand, den sie trugen sehr schwer war, rief Eliane ihnen hinterher: »Wissen Sie, ob die Räume zu mieten sind?«

Dieses Mal antwortete der andere Mann: »Ich glaube schon, aber da müssen Sie sich an den Besitzer wenden. Herr Lange ist allerdings erst heute Abend wieder zu erreichen.

Eine Telefonnummer habe ich nicht, aber er hat gesagt, dass er so gegen 19 Uhr wieder hier sein wird.«

Eliane bedankte sich und ging kopfschüttelnd weiter. Was hatte sie sich nur dabei gedacht? War sie verrückt geworden? Das war natürlich Blödsinn! Aber der Gedanke, dort vielleicht ein Café eröffnen zu können, hatte sich schon in ihrem Kopf festgesetzt.

Wie sollte sie denn aber um Himmels willen, in ihrer jetzigen Situation, ganz alleine, so etwas auf die Beine stellen können? Sie würde also lieber keinen Kontakt mit diesem Herrn Lange aufnehmen.

WG (Wohngemeinschaft)

Klara stand am Fenster im Wohnzimmer ihrer WG und schaute nachdenklich zum Fenster hinaus. Timo lag entspannt auf dem schon etwas verschlissenen Sofa aus braunem, festem, gerippten Stoff. Die Beine ließ er über die abgerundete Armlehne baumeln und döste vor sich hin. Er träumte davon, nach Australien zu fliegen und dort ein paar Monate zu bleiben. An Zeit mangelte es ihm nicht, aber vielleicht würde sein Erspartes dazu nicht ganz ausreichen. Nachdem er sein BWL Studium erfolgreich abgeschlossen hatte, schlug er sich mit Gelegenheitsjobs durch, anstatt sich auf Bewerbungstour zu begeben. Er konnte sich im Moment einfach nicht vorstellen, regelmäßig arbeiten zu gehen. Aber ich könnte mir ja auch in Australien einen Job suchen, überlegte er sich. Klara riss ihn aus seinen Gedanken. »Was macht denn Eliane hier und dann noch zu Fuß?« Irritiert schaute Timo seine Mitbewohnerin an. Rebecca hob ebenfalls genervt den Kopf. Sie saß in der Mitte des Raumes an dem massiven Kiefernholztisch und lernte für eine Klausur. Sie studierte Jura und befand sich im 6. Semester. Sie hatte sich spät entschlossen zu studieren. Da sie sich mit ihren 30 Jahren schon ziemlich alt fühlte, wollte sie das nun so schnell wie möglich durchziehen.

»Wieso, das ist doch nicht verboten«, äußerte sich nun Timo.

»Nein, natürlich nicht, aber ungewöhnlich bei Eli, dass sie ohne Auto unterwegs ist. Sie hat, als ich sie das letzte Mal gesehen habe, total traurig ausgesehen«, gab Klara zu bedenken.

»Papperlapapp, liebe Klara, gewöhne dir doch endlich mal ab, die ganze Welt retten zu wollen. Merkst du denn nicht, dass Eliane an deiner Freundschaft gar nichts liegt und sie diese auch gar nicht verdient«, mischte sich nun Rebecca ein.

»Du hast wahrscheinlich recht«, seufzte Klara, die ihr Studium abgeschlossen hatte und auf Arbeitssuche war. Sie hatte Journalismus und Germanistik studiert, wusste aber noch nicht so recht, was sie daraus machen sollte. Der Druck war allerdings nicht allzu groß, weil sie regelmäßig von ihren wohlhabenden Eltern mit dem nötigen Kleingeld versorgt wurde. Aber sie hatte es sich nun mal in den Kopf gesetzt, Eliane als Freundin zu gewinnen und wenn Klara etwas wollte, dann konnte sie schon hartnäckig sein, so sanft sie sonst auch war.

Schon während ihrer gemeinsamen Schulzeit hatte sie Eliane bewundert. Nicht nur wegen ihrem fantastischen Aussehen, nein, sie mochte auch ihre etwas zurückhaltende Art. Die anderen bezeichneten das allerdings als hochnäsig. Bei den Jungs war Eliane immer gut angekommen, hatte sich aber die ganzen Jahre nur für einen, nämlich den Gerd interessiert.

Die beiden waren auch ein paar Jahre zusammen gewesen, hatten sich dann aber in Freundschaft getrennt. Klara unterbrach ihre Gedankengänge und entschloss sich, einkaufen zu gehen, da in ihrem gemeinsamen Kühlschrank gähnende Leere herrschte und keiner ihrer Mitbewohner den Eindruck machte, dies bald ändern zu wollen. So erbarmte sie sich eben, obwohl sie laut Plan damit nicht an der Reihe war.

Harald

Harald sprang entschlossen aus dem Bett, um sich zu duschen und in die Bank zu fahren, bei der er arbeitete. Er war vorübergehend bei seiner Geliebten eingezogen. Allerdings war das für ihn keine Dauerlösung. Sabine hatte eine nette, modern eingerichtete Eigentumswohnung, aber da fühlte er sich auf Dauer eingeengt, schließlich war er anderes gewöhnt. Sabine lag noch im Bett und schaute ihn vorwurfsvoll an. Sie hatten gerade miteinander geschlafen und das war auch wie immer wunderbar gewesen. Harald konnte einfach nicht genug von ihr bekommen, aber nun musste er sich auch mal wieder um seine Arbeit kümmern, denn sonst wäre er vielleicht für die längste Zeit Bankdirektor gewesen. Er hatte Sabine in einer Bar kennengelernt, als er mit seinen Kollegen nach Feierabend noch auf einen Absacker dort gewesen war.

In seiner Ehe war in letzter Zeit nicht viel los gewesen, Eliane hatte kaum noch Lust gehabt mit ihm zu schlafen und da er immer viel arbeiten musste, unternahmen sie auch sonst nicht viel.

Nach einigen Cocktails fühlte er sich locker und entspannt. Er war seit langem mal wieder in Feierlaune und die Frau, die ihn die ganze Zeit anstarrte, gefiel ihm sehr. Sie war das genaue Gegenteil von Eliane, mit ihren dunklen langen Haaren und den großen Augen. Sie saß mit zwei

Freundinnen an einem Tisch, beteiligte sich aber nicht an der lebhaften Unterhaltung der beiden. Als sie schließlich aufstand, um auf die Toilette zu gehen, folgte er ihr. Ein Blick hatte genügt und sie hatten die Bar gemeinsam durch den Hinterausgang verlassen. Seit einem halben Jahr ging das Verhältnis nun schon.

Jetzt äußerte sich Sabine in leicht säuerlichem Tonfall: »Aber heute ist doch Samstag, da arbeitet doch kein Mensch.«

»Du vergisst, dass ich letzte Woche kaum gearbeitet habe, weil wir ständig irgendwo bei deinen Freunden eingeladen waren«, antwortete Harald etwas genervt.

»Einmal waren wir auf einer Party und einmal zum Kaffee bei Antje. Das war halt wichtig. Schließlich hatte sie Geburtstag und ist meine beste Freundin. Und das nennst du ständig? Wenn es nach dir ginge, würden wir nur im Bett bleiben und ansonsten würdest du arbeiten gehen.

So stelle ich mir mein Leben aber nicht vor«, entgegnete Sabine trotzig.

Harald wollte ansetzen etwas zu sagen, überlegte es sich aber anders, winkte nur ab und verließ eiligst das Schlafzimmer, um unter die Dusche zu gehen. Das war ihr erster Streit und Harald fragte sich nun zum ersten Mal, ob es richtig gewesen war, Eliane zu verlassen.

Schmetterlinge

Punkt 19 Uhr stand Eliane bei Robert Lange vor der Tür und klingelte. Nichts!

Das war ja auch eine Schnapsidee, dachte sie und wollte sich gerade dazu entschließen, diesen Ort zu verlassen und schnellstmöglich wieder nach Hause zu gehen, bevor sie einen großen Fehler begehen würde, als ein Mann, höchstens vierzig Jahre alt, um die Ecke kam und direkt auf sie zusteuerte. Eliane stockte der Atem. Dieser Mensch sah aus, als ob er gerade einem Katalog für Männermode entsprungen wäre. Zudem war er mit seinen dunklen, frisch geschnittenen und gestylten Haaren und dem durchtrainierten Körper genau ihr Typ.

In ihrem Bauch war plötzlich ein Schwarm Schmetterlinge, der nur so umherflatterte. Eliane schluckte und rief sich zur Vernunft. Ein Mann war das Letzte, was sie im Moment haben wollte. Inzwischen war er bei ihr angekommen und blickte sie amüsiert an. Er überragte sie ungefähr um einen Kopf, obwohl Eliane mit ihren 1,72 Metern nicht gerade klein war.

Mit angenehmer Stimme fragte er: »Möchten Sie etwa zu mir? Dann ist das heute tatsächlich mein Glückstag!«

Lieber Himmel, der wird doch jetzt nicht mit mir flirten wollen, dachte Eliane sich.

Betont förmlich antwortete sie:

»Sind Sie Herr Lange? Ich bin daran interessiert, Ihre Ladenräume zu mieten.«

Erstaunt sah Robert Eliane an. »Ja, der bin ich in der Tat, also doch mein Glückstag«, antwortete er lächelnd. »Dann kommen Sie mal mit.«

Nervös folgte Eliane Herrn Lange durch den zweiten Eingang, direkt neben der bisherigen Dönerbude, eine Treppe hinauf ins obere Stockwerk. Puh, und warm war es ihr auch, obwohl es so heiß an diesem frühsommerlichen Tag im Juni gar nicht war. Wie sollte sie denn da verhandeln können? Oben angekommen, schaute sich Eliane beeindruckt um. Sie standen in einem offenen Wohnbereich aus dem der pure Luxus strahlte. Ein großer Glasesstisch umgeben von schwarzen Lederstühlen mit Chromgestell befand sich gleich rechts, direkt neben der Küche, die komplett in dunkelgrau gehalten war. Der Boden war in der ganzen Wohnung weiß gefliest und auf der linken Seite befand sich eine große Sitzgarnitur aus ebenfalls schwarzem Leder. Nachdem sich Eliane wieder gefangen hatte, stellte sie fest, dass diese Wohnung aber auch eine gewisse Kälte ausstrahlte. Es fehlte jegliche Gemütlichkeit, um sich wohlzufühlen. Robert riss sie nun aus ihren Gedanken.

»Darf ich Ihnen etwas zu trinken anbieten? Einen Kaffee oder einen Prossecco?«

»Äh, ja, ein Glas Wasser wäre super.«

Nachdem Robert Eliane gebeten hatte, Platz zu nehmen, verschwand er in der Küche, um das Wasser zu holen. Für sich selbst machte er einen Kaffee mit dem großen Kaffeevollautomaten, der natürlich alle Funktionen hatte, die man sich nur vorstellen konnte. Eliane fragte sich gerade erneut, was sie hier eigentlich wollte, sie konnte doch unmöglich, vollkommen auf sich alleine gestellt, ein Café eröffnen und führen. Schließlich hatte sie ja nicht mal ein eigenes Einkommen. Aber da kam auch schon Robert mit den Getränken auf einem Silbertablett auf den Esstisch zugesteuert. Als Eliane ihn ansah, schmolz sie wieder dahin und konnte nicht mehr klar denken.

...

Eliane ging ruhelos in ihrem Wohnzimmer auf und ab. Was sollte sie nur tun? Nachdem Robert - sie hatten beschlossen sich zu duzen - sie gefragt hatte, ob sie denn in der Lage wäre, 600 € für die Miete aufzubringen, zögerte sie nur einen kurzen Moment, dann antwortete sie, dass das kein Problem für sie sei. Robert hatte sie lange eindringlich angeschaut und nach einer gefühlten Ewigkeit zu ihr gesagt: »Okay, du bekommst den Laden.
Ich übernehme die Grundrenovierung und du machst die Feinheiten, also tapezieren, streichen oder was du sonst noch so machen möchtest, ganz

so, wie es dir gefällt. Natürlich auf deine Kosten. Dafür musst du dann, wenn du die Räume irgendwann abgibst, nichts mehr machen. Auf die Kaution verzichte ich, weil du ein so liebes Lächeln hast«, schmunzelte er und fügte noch hinzu: »Ich werde den Vertrag aufsetzen und mich morgen bei dir melden. Gib mir doch bitte deine Telefonnummer.« Robert nahm sein Handy vom Esstisch und speicherte Elianes Nummer ein, nachdem sie ihm diese gedankenverloren mitgeteilt hatte. Er versuchte schon wieder mit ihr zu flirten. Sie musste aufpassen, dass sie nicht seinem Charme erlag. Das würde alles nur noch komplizierter machen.

Ob er wohl bemerkt hat, dass sie eventuell Schwierigkeiten haben könnte, auf Dauer das Geld aufzubringen?

Sein Blick war so eindringlich gewesen. Aber im Grunde konnte es ihr egal sein, Hauptsache sie hatte den Laden und eine Aufgabe. Ihr Traum würde in Erfüllung gehen. Allerdings blieb ihr nichts anderes übrig, als mit Harald zu sprechen. Sie musste die meisten Renovierungsarbeiten machen lassen, sie selbst könnte höchstens ein bisschen streichen. Das würde teuer werden. Und Freunde, die ihr helfen konnten, hatte sie praktisch keine. Eliane musste lachen, als sie sich Vivienne und Tamara am Tapeziertisch vorstellte. Nein, das war natürlich undenkbar und sonst war da niemand. Das wurde ihr jetzt zum ersten Mal so richtig bewusst. Tatsächlich hatte sie keine Wahl, ihre finanzielle Situation musste mit ihrem Mann besprochen werden und das bereitete ihr Bauchschmerzen. Panik kam in ihr auf. Was hatte sie sich nur dabei gedacht, ein Café aufmachen zu wollen, ohne ein eigenes Einkommen zu haben und ohne dass ihre finanzielle Situation geklärt war. Sie musste verrückt gewesen sein, als sie vorhin mit Robert den mündlichen Vertrag gemacht hatte. Sie besaß praktisch nichts. Wenn Harald ihr den Geldhahn zudrehte, dann würde das Geld nicht einmal reichen um sich etwas zum Essen zu kaufen, zumindest so lange nicht, bis die Scheidung durch war und die Sache mit dem Unterhalt geklärt wäre. Ob ihr überhaupt etwas zustünde? Eliane hatte keine Ahnung. »Ich werde morgen zu Robert gehen und alles rückgängig machen. Schließlich habe ich ja noch nichts unterschrieben«, murmelte sie vor sich hin.

In dieser Nacht machte Eliane kein Auge zu.

Die Entscheidung

Eliane wurde vom Klingeln an der Haustüre geweckt. Sie brauchte kurz, um sich zu orientieren, da sie erst morgens um sechs Uhr eingeschlafen war. Wer klingelte denn da Sturm? Verwirrt schaute sie auf ihren Wecker. Halb zehn, stellte sie entsetzt fest und erhob sich langsam. Eigentlich hätte sie noch nicht aufstehen müssen, sie hatte ja keine Verpflichtungen. Aber wer immer da vor ihrer Tür stand, gab nicht auf. Eliane erhob sich, warf sich seufzend einen Morgenmantel über und ging noch etwas schwankend die Treppe hinunter. Sie öffnete die Tür und schaute in das inzwischen ziemlich verärgerte Gesicht von Harald. »Sag mal, wo steckst du denn?«, fragte er ungeduldig, fügte dann aber etwas besorgt hinzu: »Wie siehst du denn aus?«

Der hätte mich und vor allem das Haus erstmal vor ein paar Tagen sehen sollen, dachte Eliane sich, antwortete aber: »Ich bin ein bisschen erkältet und war deshalb noch im Bett.«

»Ach so, ich wollte mal mit dir sprechen, wie jetzt alles weitergehen soll«, meinte Harald nun zögernd.

»Ja, das ist gut, ich wollte mich heute sowieso bei dir melden. Ich habe Pläne.«

Harald schaute sie fragend an. Inzwischen waren sie im Wohnzimmer und setzten sich einander gegenüber an den Esstisch aus massivem Ahorn.

»Schieß los!«

»Also, ich habe mich entschlossen, meinen Traum zu verwirklichen und ein Café zu eröffnen. Ich werde heute den Vertrag für die Räume unterschreiben. Deshalb muss die finanzielle Sache zwischen uns geklärt sein«, meinte Eliane kleinlaut. Sie wusste, dass ihr eigentlich nicht allzu viel zustand. Harald wollte zunächst aufbrausen und seiner Frau an den Kopf werfen, dass das eine Schnapsidee sei, aber, vielleicht, weil er ein schlechtes Gewissen hatte oder weil ihm Eliane nicht völlig gleichgültig war, auf jeden Fall sagte er einlenkend: »Du weißt, was ich davon halte. Bis man da überhaupt einen Gewinn erzielt, wenn man es überhaupt schafft, gehen mindestens vier Jahre ins Land. Aber ich will nicht der Böse sein, der dir dein Leben vermasselt. Ich kann dir insofern entgegenkommen, dass wir das Haus verkaufen, du dir in Ruhe eine kleine Wohnung suchst und ich dich ein halbes Jahr unterstütze. Bis dahin musst du soweit Fuß gefasst haben, dass du alleine klar kommst. Okay?«

»Das ist sehr großzügig von dir«, freute sich Eliane. »Und wann gehen wir die Scheidung an?«

»Wieso Scheidung? Das muss doch jetzt nicht sein«, meinte Harald. Komischerweise fühlte er sich bei dem Gedanken nicht sehr wohl.

»Ja, aber es muss doch geklärt werden, was mir an Unterhalt zusteht. Schließlich habe ich nie gearbeitet, weil du das nicht wolltest. Sogar mein

Studium habe ich für dich aufgegeben«, gab Eliane zu bedenken. Sie hatte damals vier Semester Biologie studiert und dann abgebrochen.

Harald seufzte nun. »Du hast recht, ich habe zuviel von dir verlangt, aber lass uns das einfach in einem halben Jahr besprechen und bis dahin kann alles so weiterlaufen. Du hast Zugang aufs Konto, zumindest auf unser Gemeinsames. Ich vertraue dir da voll. Ich werde mir nun eine Wohnung suchen und dann habe ich auch einen besseren Überblick über meine finanzielle Situation.«

»Und deine Freundin? Kannst du nicht bei ihr wohnen?« Es tat ihr weh, diese Frage zu stellen, aber sie wollte es jetzt genau wissen.

»Nun, das möchte ich nicht«, antwortete Harald knapp. Er verabschiedete sich auch sogleich, dabei gab er seiner Frau einen Kuss auf die Wange und drückte sie kurz an sich. Nachdem er gegangen war, setzte Eliane sich aufs Sofa und konnte die Tränen wieder nicht zurückhalten.

...

Eliane saß etwas unbehaglich neben Robert Lange auf dessen schwarzer Ledercouch. Er hatte doch tatsächlich versucht sie zu küssen. Nachdem sie ihm deutlich zu verstehen gegeben hatte, dass sie dazu im Moment nicht in der Lage war, hatte er geantwortet: »Klar, sorry, kein Problem. Ich dachte, du willst das auch.«

Und das war der Punkt, wollte sie es oder wollte sie es nicht? Eliane wusste es nicht. Das war heute einfach alles zu viel für sie. Gerade den Vertrag unterschrieben, musste sie sich schon wieder mit einem neuen Problem rumschlagen. Dazu kam, dass Robert tatsächlich eine ungeheuere Anziehungskraft auf sie ausübte, aber ihr Verstand sagte ihr, dass sie die Finger von ihm lassen sollte, vor allem in ihrer jetzigen Situation. Da konnte sie sich keine neuen Probleme leisten und außerdem hatte sie ja noch nicht einmal die Trennung von Harald verkraftet, da war es sicherlich nicht gut, sich gleich ins nächste Abenteuer zu stürzen. Und das wäre sie wahrscheinlich für Robert. Der brauchte doch nur mit dem Finger zu schnippen und die Frauen würden Schlange stehen. Leider war er nun etwas unterkühlt, deshalb verabschiedete sich Eliane nun mit einem Küsschen auf die Wange und mit den Worten: »Bitte sei nicht böse, mir geht es im Moment nicht besonders gut, da mein Mann und ich uns erst vor kurzem getrennt haben. Ich brauche einfach etwas Zeit. Also, nicht, dass du denkst, ich mag dich nicht.«

»Ach so, das wusste ich nicht. Dann nehme ich das jetzt nicht persönlich und hoffe bald wieder einen neuen Versuch wagen zu dürfen«, erwiderte er und strahlte Eliane auch schon wieder mit seinem sympathischen Lächeln an. Das Eis war gebrochen. Eliane ging erleichtert und beschwingten Schrittes nach Hause, um die Innenausstattung ihres Cafés zu planen und die Handwerker anzurufen.

Harald

Harald saß gedankenverloren auf der feuerroten Couch in Sabines Wohnzimmer, während diese im Bad verweilte um sich für einen abendlichen Ausflug fertigzumachen.

So hatte er sich das nicht vorgestellt. Sabine wurde immer fordernder. Sie wollte ihre Freizeit nicht nur mit ihm im Bett verbringen, sondern auch etwas unternehmen. Vor allem möchte sie mit mir vor ihren Freunden angeben, dachte Harald selbstgefällig. Außerdem lag ihm die Begegnung mit Eliane heute Morgen noch sehr im Magen. Er musste sich eingestehen, dass seine Frau ihm ganz und gar nicht gleichgültig war. Im Gegenteil, es hatte ihm auch leidgetan, sie so blass und schlecht aussehend, anzutreffen. Abgenommen hatte sie auch. Er seufzte tief und fasste den Entschluss, die Sache mit Sabine zu beenden, dann würde er weitersehen. Aber zuerst musste er sich eine Wohnung suchen, er konnte schließlich nicht einfach wieder bei Eliane angekrochen kommen, als sei nichts gewesen. Nein, auf keinen Fall würde er das tun.

Jäh wurde er aus seinen Gedanken gerissen. Sabine stand vor ihm, mit nichts als mit einem schwarzen Stringtanga bekleidet und schaute ihn verführerisch an. Er musste schlucken, es verschlug ihm die Sprache. Ihr Körper war einfach der Wahnsinn. Lange Beine, eine bezaubernde

Taille, und vor allem zwei riesengroße, wohlgeformte Brüste, die nun teilweise von ihren langen, dunklen Haaren bedeckt wurden. Langsam beugte sie sich zu ihm herunter und machte sich aufreizend an seiner Hose zu schaffen. Vorbei war es mit dem Denken. Er stöhnte auf und zog Sabine auf seinen Schoß. Er würde noch eine Weile hier bleiben. Das war der einzige Gedanke, der ihm noch durch den Kopf schoss, bevor er ihr das Höschen abstreifte.

Wochen der Arbeit

Die nächsten Wochen vergingen für Eliane wie im Flug. Sie war die meiste Zeit am Rande der Erschöpfung, aber glücklich. Sie renovierte ihr Café von morgens um sieben Uhr bis zum späten Abend. Entweder sie beaufsichtige die Handwerker oder sie legte selbst Hand an. Inzwischen waren alle Böden verlegt. Eine neue Theke aus massivem dunklem Holz war eingebaut worden. Sogar ein exklusiver Kaffeevollautomat mit Espressomaschine und Milchaufschäumer stand schon parat und wartete nur darauf, in Betrieb genommen zu werden. Eliane hatte heute mit dem Tapezieren begonnen, allerdings wollte ihr das nicht so ganz gelingen. Das konnte allerdings auch daran liegen, dass sie so etwas zuvor noch nie getan hatte. Sie wusste auch nicht, wen sie um Hilfe bitten könnte. Und um das alles machen zu lassen, fehlte ihr das Geld. Ja, Eliane musste zum ersten Mal in ihrem Leben das Geld einteilen. Sie konnte sich ja nicht darauf verlassen, dass Harald sein Wort hielt und ihr für ein halbes Jahr uneingeschränkt Zugang zu ihrem gemeinsamen Konto ließ. Sie seufzte, alles könnte so schön sein. Ums Geld machte sie sich allerdings nicht allzu viele Sorgen, aber ihre Gedanken kreisten immer öfter um ihren Vermieter und das störte sie gewaltig. Das konnte natürlich auch daran liegen, dass sie seit Wochen keinen Sex mehr gehabt hatte. Eliane hatte sich nach den ersten schlimmen Wochen, nachdem Harald gegangen war, wieder erholt und spürte immer häufiger ein wohliges Ziehen in ihrem Unterleib, wenn sie an Robert dachte. Sie hatte durchaus ihre Bedürfnisse, wenn sie auch mit einer neuen Beziehung nichts überstürzen wollte. Vielleicht hätte sie doch einfach mit ihm ins Bett gehen sollen, als er es an diesem Nachmittag vor vier Wochen darauf angelegt hatte. Seitdem hatte er nie mehr versucht mit ihr zu flirten. Und sie konnte ja nun nicht einfach hingehen und sich ihm an den Hals werfen. Nein, das ging gar nicht. Zu ihrer Freude bemerkte sie, dass ihr Harald inzwischen ziemlich gleichgültig war, sie war auch nicht mehr böse auf ihn, er war ihr schlichtweg egal. Plötzlich wurde sie aus ihren Gedanken gerissen, hinter ihr räusperte sich jemand. Sie fuhr erschrocken herum und sah Timo aus der WG vor sich stehen. »Sorry«, stammelte dieser. »Die Tür war offen.« Er war etwas aus dem Konzept gekommen, weil er Eliane nicht als solch eine atemberaubende Schönheit in Erinnerung hatte. Es verschlug ihm kurzfristig regelrecht den Atem, als sie sich umdrehte und ihn mit ihrer wirren, blonden Mähne und beeindruckenden blauen Augen ansah. Er hatte sie doch schon ein paar Mal gesehen, dass ihm das nicht aufgefallen war. Seltsam. Er konnte sich nur an eine hochnäsige Blondine erinnern. »Die Tür war offen«, rechtfertigte er sich nun.

»Ja, kein Problem, ich bin nur erschrocken.«

In diesem Moment rutschte Eliane der schon mit Kleber bestrichene Tapetenstreifen aus der Hand. Sie fluchte laut vor sich hin.

Timo hatte eigentlich nur vorgehabt, kurz in die Ladenräume einen Blick zu werfen, weil seine Mitbewohnerinnen ihn so lange gelöchert hatten, mal zu schauen, was da so vor sich ginge, bis er nachgegeben hatte.

Klara hatte, als sie einen Spaziergang machen wollte, gesehen, wie Eliane, bepackt mit Tapetenrollen, die leeren Ladenräume betreten hatte. Darüber wunderte sie sich sehr, denn das passte nun wirklich nicht zu Eli. Nun konnte sie ihre Neugierde nicht länger verbergen.

So stand er also hier, unschlüssig was er tun sollte, etwas unsicher und verlegen und immer noch beeindruckt von seiner neuen Entdeckung, nämlich wie hübsch Eliane war. Als er nun aber sah, dass Eliane etwas überfordert von ihrer Aufgabe war, bot er ihr kurzerhand seine Hilfe an.

WG

Klara und Rebecca saßen sich gegenüber an ihrem Esstisch. Klara schaute auf die große nostalgische Uhr, die im Wohnzimmer an der Wand hing und meinte kopfschüttelnd: »Das gibt es doch gar nicht, wo bleibt Timo denn? Seit vier Stunden ist der jetzt weg, er sollte doch nur mal einen Blick in die Räume werfen und ein paar Kleinigkeiten einkaufen.«

Überrascht schaute Rebecca auf. Sie war mal wieder ins Lernen vertieft gewesen und hatte nicht bemerkt, wie die Zeit vergangen war. »Stimmt, das ist komisch«, antwortete sie und beugte ihren Kopf sogleich wieder über ihr Lehrbuch. Klara stellte fest, dass sie von ihr keine zufriedenstellenden Antworten bekommen würde. Während sie noch überlegte, ob sie sich selbst auf den Weg machen solle, hörte sie, dass die Haustür aufgeschlossen wurde. Timo betrat das Wohnzimmer, übers ganze Gesicht strahlend und völlig zerzaust. Bei seinem Anblick vergaß Klara völlig, was sie sagen wollte, aber Rebecca schaute erneut auf und meinte kichernd: »Wie siehst du denn aus? Bist du einen Marathon gelaufen?«

»Nein, ich habe gearbeitet«, äußerte sich Timo mit leicht geschwellter Brust.

»Du und gearbeitet«, riefen beide Mädels gleichzeitig und krümmten sich vor Lachen.

Timo schlenderte zum Tisch und ließ sich ächzend auf den dritten Stuhl der Esstischgruppe fallen und meinte betont gleichgültig: »Ja, Eli brauchte Hilfe beim Tapezieren und da ich nichts Besseres zu tun hatte, habe ich ihr geholfen.«

»Eli?«, riefen Klara und Rebecca wie aus einem Munde.

»Ja, sie muss doch bis zum Monatsende mit der Renovierung fertig sein, damit sie das Café eröffnen kann, damit Geld reinkommt, denn ab dem 1.Oktober muss sie Miete zahlen.«

»Ach so, ja dann ist es natürlich selbstverständlich, dass du ihr helfen musstest«, entgegnete nun Rebecca sarkastisch. Aber Klara strahlte ihren Mitbewohner an und erwiderte: »Mensch Timo, aus dir wird ja noch was. Du bist ja richtig hilfsbereit. Das wusste ich überhaupt nicht.« Und das war nicht im Geringsten ironisch gemeint. »Dann macht Eli also ein Café auf?«

»Ja, so ist es.«

»Das ist ja der Hammer! Finde ich toll!«

»Und wo ist unser Einkauf?«, wollte Rebecca jetzt wissen.

»Mist, das habe ich total vergessen.« Timo schlug sich mit der Hand an die Stirn. »Ich gehe gleich noch mal.«

Seine beiden Freundinnen schauten ihn fassungslos an. Was hatte denn diese Wesensänderung bewirkt? Rebecca sah Timos leicht entrückten

Gesichtsausdruck und musste grinsen. Klara fragte ihn: »Kannst du Eli denn jetzt besser leiden?«

»Ja, doch, sie ist ganz okay.«

Rebecca beugte sich ganz weit hinunter über ihr Buch, damit Timo ihr Grinsen nicht sah, aber Klara freute sich aufrichtig und bot ihm an, ihn zum Einkaufen zu begleiten. Die beiden verließen fröhlich plaudernd die WG.

Elianes Gedanken

Eliane saß mit angezogenen Beinen auf ihrem Sofa. Sie hatte sich trotz der spätsommerlichen warmen Temperaturen in eine Decke eingekuschelt, weil sie fröstelte. Das konnte daran liegen, dass sie einfach total erschöpft war. Allerdings war das eine angenehme Müdigkeit. Sie war körperlich so müde, dass sie wusste, wenn sie sich hinlegen würde, könnte sie sofort einschlafen. Anders als in den schrecklichen Wochen nach Haralds Auszug. Da hatte sie halbe Nächte wach gelegen, weil das Gedankenkarussell sie beinahe in den Wahnsinn getrieben hatte. Meistens war sie dann erst gegen Morgen eingeschlafen. Aber damit war es jetzt vorbei, freute sich Eliane. Sie war im Moment sehr zufrieden mit ihrem Leben. Harald vermisste sie nicht mehr. Und sie konnte sich endlich ihren Traum erfüllen und ein Café eröffnen. Heute hatte sie sogar einen Freund gewonnen. Sie war total überrascht gewesen, als Timo plötzlich in ihrem gemieteten Raum gestanden war. Noch verblüffter war sie, als er ihr seine Hilfe angeboten hatte. Tatsächlich war der Raum nun fast fertig. Alles war tapeziert und morgen würde sie die Tapeten weiß streichen. Schön neutral und hell sollte es aussehen. Ganz zum Schluss würde sie noch Farbkleckse oder Bordüren hinzufügen. Das Ganze sollte wie früher aussehen, aber auf keinen Fall überladen wirken. Vielleicht würde sie ihr Café dann „Café Früher" nennen. Ja, sie musste sich das jetzt schon mal überlegen, schließlich wollte sie rechtzeitig den Schriftzug anfertigen lassen, der an der Hauswand über dem großen Ladenfenster - das über die ganze Hausfront ging - angebracht werden sollte. Es gab noch viel zu tun und sie hatte nur noch eine Woche Zeit. Am 1.Oktober wollte sie eine Eröffnungsfeier machen. Timo hatte versprochen, ihr ab und zu ein bisschen zu helfen. Sie hatte ihn zuvor ganz falsch eingeschätzt. Allerdings kannte sie ihn auch nicht wirklich. Eliane bekam ein ganz schlechtes Gewissen, als sie sich erinnerte, dass sie ihn vorschnell in die Schublade eines Langweilers und Weltenbummlers gesteckt hatte. Sein lässiges Aussehen hatte sie ebenfalls nicht beeindrucken können. Und heute hatte sie sich in seiner Gesellschaft sehr wohl gefühlt. Sie hatten viel gelacht und Spaß zusammen gehabt. Die Zeit war wie im Fluge vergangen und sogar das Tapezieren war nicht mehr langweilig und anstrengend gewesen. Timo hatte sie gefragt, ob er sie Eli nennen dürfe und sie stellte fest, dass ihr das sogar angenehm war. Es fühlte sich gut an, wenn er das sagte, so, als ob sie sich schon ewig kennen würden. Vielleicht hatte sie endlich einen Freund gefunden, also einen richtigen Freund fürs Leben.

Als Partner oder zumindest um eine Weile Spaß zu haben, würde sie nun endlich bei Robert die

Initiative ergreifen müssen. Dieser kam ab und zu rüber, um sich nach den Fortschritten zu erkundigen, schaute sie dann immer eine Weile an und sie unterhielten sich ein bisschen, aber mehr passierte nicht. Er ahnte gar nicht, wie viele Schmetterlinge ihr in dieser Zeit durch den Bauch flatterten. Wahrscheinlich möchte er sich nicht noch einmal eine Abfuhr holen, dachte sich Eliane. Wie dumm von mir, damals nicht die Gelegenheit beim Schopf gepackt zu haben. Aber dazu ist es ja noch nicht zu spät. Mit einem Lächeln im Gesicht war Eliane, nachdem sie sich zur Seite hat kippen lassen, eingeschlafen.

Die Eröffnung

Die letzte Woche bis zur Eröffnung verging wie im Flug. Eliane blieb jeden Tag bis weit über Mitternacht im Café, weil sie sich in den Kopf gesetzt hatte, am 1. Oktober die Eröffnung und die Einweihungsparty zu machen und tatsächlich gelang es ihr, den Zeitplan einzuhalten. Timo war noch zweimal bei ihr gewesen, um ihr zu helfen. Dafür war sie ihm sehr dankbar, denn alleine hätte sie es nicht geschafft. Sie überlegte sich, auch seine zwei Mitbewohnerinnen zum Einweihungsfest einzuladen, welches am Abend nach dem „Tag der offenen Tür" stattfinden sollte.

Endlich war es soweit. Die fünf dunklen, massiven Holztische, die sich im Café befanden, schmückte sie mit Blümchenservietten. In die Mitte eines jeden Tisches stellte sie ein Glas mit Kaffeebohnen und platzierte Teelichter darauf. Außerdem stand auf jedem Tisch eine Karte, auf der eine große Auswahl an verschiedenen Kaffee- und Teesorten zu finden war. Den Kuchen konnte man sich links neben der Theke in einer Glasvitrine selbst aussuchen. Da hatte Eliane lange überlegen müssen, welche Kuchenauswahl sie ihren Gästen bieten sollte. Schließlich musste sie selbst backen. Deshalb entschied sie sich, zumindest für den Anfang, nur zwei Sorten anzubieten. Sie wusste ja nicht, wie viele Leute kommen würden und entschloss sich, zunächst drei Käsekuchen und zwei Johannisbeerkuchen zu backen. Für den Notfall hatte sie dann immer noch eingefrorene Torten in ihrer Gefriertruhe zu Hause. Eliane hatte sich sehr gefreut, als Timo ihr zugesagt hatte, ihr auch am Einweihungstag zu helfen.

Es war schon wieder Mitternacht als Eliane die letzte Deko gerichtet hatte, jetzt musste sie schnell nach Hause gehen und ihren Kuchen backen, da die kleine Küche, die sich neben dem Hauptraum des Cafés befand, noch nicht ganz fertig war. Der Backofen musste erst noch geliefert werden. An Schlafen war gar nicht zu denken, aber sie war ja noch jung, sie würde das schon wegstecken und ab übermorgen würde es dann wieder geregelte Zeiten geben. Das meiste war geschafft. Sie hatte die Schankanlagen-Konzession beantragen müssen. Das hatte auch noch mal 800 € gekostet.

Eliane musste nun wirklich anfangen zu rechnen, damit sie mit dem restlichen Geld, das auf ihrem Konto war, zurechtkommen würde. Sie seufzte tief. Zum Glück war die Begehung schon vor zwei Wochen gewesen und sie hatte die Genehmigung vom Gewerbeaufsichtsamt für die Eröffnung eines Cafés erhalten. Krank werden durfte sie natürlich nicht, sie konnte es sich nicht leisten eine Bedienung einzustellen, dazu musste sie erst einmal das Café zum Laufen bringen.

Morgens um 4 Uhr holte Eliane den letzten Kuchen aus dem Backofen und ließ sich danach total erschöpft auf ihr Bett fallen. Mitsamt ihren Kleidern war sie innerhalb von Sekunden eingeschlafen. Als der Wecker um 7 Uhr klingelte, wusste sie im ersten Moment nicht, wo sie sich befand, aber sogleich wurde ihr klar, dass heute der große Tag war. Sie hüpfte aus dem Bett und fühlte sich nach dem Duschen sofort frisch und munter. Sie schleppte den Kuchen und alle Utensilien, die sie brauchte, in ihr Auto und machte sich auf den Weg. Das gesamte Geschirr war natürlich schon im Café, eingeräumt in den Schränken.

Heute um 10 Uhr sollte es losgehen. Jeder, der zur Eröffnung kommen würde, sollte einen Prosecco bekommen. So hatte es Eliane geplant.

Das Café würde jeden Tag von 10 Uhr bis 18 Uhr geöffnet haben und heute Abend um 20 Uhr dann die Einweihungsparty stattfinden. Dazu hatte sie ihre Freundinnen Vivienne und Tamara eingeladen, ihren Vermieter - darauf freute sie sich schon sehr - und natürlich Timo, der ihr ein echter Freund geworden war. Auch seinen Mitbewohnerinnen Klara und Rebecca hatte sie eine Einladung zukommen lassen. Timo hatte ihr erzählt, dass diese sich sehr darüber gefreut haben. Einen Moment lang überlegte sie, ihren Mann einzuladen, verwarf den Gedanken aber sogleich wieder. In letzter Zeit war Harald immer häufiger wegen Kleinigkeiten bei ihr aufgetaucht. Sie wusste nicht, was sie davon halten sollte.

Wollte er das Geschehene etwa ungeschehen machen? Oder wollte er gar wieder zu ihr zurückkommen? Aber da hatte er sich geschnitten. Sie empfand rein gar nichts mehr für ihn.

Eliane blieb, nachdem sie ihr Café betreten hatte, erst einmal stehen und schaute sich mit entzücktem Blick um. Fünf Vierertische gab es in dem Raum, für mehr war kein Platz, aber gerade das machte das Ganze sehr gemütlich. Die Einrichtung war in dunklem Holz gehalten, außer dem weiß gefliesten Boden. Für Fliesen hatte Eliane sich entschieden, da diese besser sauber zu halten waren.
Es konnte losgehen. Ein glückliches Lächeln huschte über ihr Gesicht. Sie stellte den Kuchen in die Glasvitrine, links neben der Theke. Ihren Korb und die Handtasche brachte sie in dem kleinen Nebenraum unter. Dort befanden sich ein kleiner, weißer viereckiger Tisch und zwei Holzstühle aus Kiefernholz. Da der Raum sehr klein war, hatte nur noch ein Zweisitzersofa Platz, damit sie sich zwischendurch auch mal etwas ausruhen konnte.

Eliane hatte noch eine ganze Stunde Zeit, sie lief hin und her, richtete hier noch einen Tisch und zupfte dort noch eine Serviette zurecht. Sie war ziemlich nervös.

Hoffentlich kommt Timo auch wirklich rechtzeitig, dachte sie. Außerdem freute sie sich sehr darauf, heute Abend mit ihren engsten Freunden und netten Menschen ihre Einweihungsparty feiern zu können. Vor allem war sie voll freudiger Erwartung, da sie wusste, dass Robert kommen würde und wenn sie an die kommende Nacht dachte, wie alles vielleicht enden könnte, spürte sie ein angenehmes Kribbeln im Bauch. Ja, heute würde sie mit ihm in seine Wohnung gehen, das hatte sich Eliane fest vorgenommen.

Inzwischen war es endlich 10 Uhr. Pünktlich kam auch Timo zur Tür herein, sie freute sich sehr ihn zu sehen, sie hatte sich schon richtig an ihn gewöhnt und mochte ihn sehr. Die ersten fünfzehn Minuten passierte gar nichts, dann kamen zwei jüngere Frauen und setzen sich gleich an den ersten Tisch neben der Tür. Die beiden nahmen dankend den Prosecco entgegen und bestellten sich jeweils einen Milchkaffee. Die eine der beiden bestellte ein Stück Käsekuchen, die andere fragte nach einem Croissant. Eliane ärgerte sich über sich selbst, dass sie daran nicht gedacht hat. Das musste sie gleich auf Ihre Karte setzen und ab morgen würde es dann auch Croissants geben. Natürlich mochten die Leute morgens lieber so etwas essen und nachmittags dann eher Kuchen. Das war ja klar!

Die Party

Der Tag war ein voller Erfolg gewesen, die meiste Zeit waren alle Tische voll besetzt gewesen und es herrschte eine angenehme Atmosphäre. Timo und Eliane hatten alle Hände voll zu tun.

Als um 18 Uhr die letzten Gäste das Café verlassen hatten, war Eliane nach Hause geeilt um sich frisch zu machen.

Inzwischen war es kurz vor 20 Uhr und Eliane stand erwartungsvoll vor ihrer Theke. Sie hatte sich ein schwarzes, kurzes Etuikleid angezogen, das außerordentlich gut zu ihren blonden Haaren passte und ihre schlanke Figur betonte. Dazu hatte sie sich dezent geschminkt. Erwartungsvoll schaute sie zur Tür, als diese geöffnet wurde. Wer kam wohl als erstes? Sie erstarrte, als ihre Mutter und Harald das Café betraten. Brigitte begrüßte sie auch gleich mit den Worten „Hallo, meine Liebe, ich lasse mir doch so etwas nicht entgehen, auch wenn du uns nicht eingeladen hast", meinte sie vorwurfsvoll. Eliane hatte schon seit längerem vermutet, dass Harald und ihre Mutter in Kontakt geblieben waren, aber die Unverschämtheit, nachdem diese sich wochenlang nicht um sie gekümmert hatte, hier einfach so zu erscheinen, verschlug ihr dennoch die Sprache. Brigitte schaute sich um und ihrem Gesichtsausdruck nach zu urteilen, gefiel ihr das, was sie sah, nicht besonders.

Nachdem sich Eliane nicht von der Stelle gerührt hatte, ging Harald nun auf sie zu, nahm sie in die Arme und drückte ihr rechts und links ein Küsschen auf die Wangen. Als Eliane sich wieder etwas gefangen hatte, ging sie zu ihrer Mutter, reichte ihr die Hand und begrüßte sie kühl und distanziert. In diesem Moment öffnete sich erneut die Tür und Timo und seine beiden Mitbewohnerinnen kamen herein. Eliane, froh sich von den beiden abwenden zu können, eilte auf die drei zu und begrüßte sie überschwänglich. Klara freute sich sehr, aber Timo und Rebecca schauten etwas verständnislos drein. Mit so einer Begrüßung hatten sie nicht gerechnet. Gleich darauf kamen Vivienne und Tamara ins Café, Eliane hatte die Tür inzwischen geöffnet und einen Türstopper so deponiert, dass diese nicht zugehen konnte und damit etwas Luft hereinkam. Es war heute ein recht milder Tag.

Alle verteilten sich an die Tische. Eliane hatte überall belegte Häppchen platziert. Endlich kam eine Stunde später auch Robert zur Seitentür herein. Es gab eine Durchgangstür von seinem Wohnhaus zum Café. Eliane hatte schon befürchtet, er würde gar nicht mehr kommen. Erleichtert atmete sie auf. Nun konnte der Abend beginnen. Nachdem Robert sich selbst bei allen vorgestellt hatte, setzte er sich zu Vivienne und Tamara an den Tisch. Eliane bemerkte es und Eifersucht breitete sich in ihr aus. Daher setzte sie sich, als alle mit Getränken versorgt waren, einfach dazu. Timo hatte wieder sehr dabei geholfen, die Gäste zu bewirten. Tamara und Vivienne schienen genauso begeistert von Robert zu sein, wie sie selbst. Eliane konnte den Abend nicht mehr genießen und hoffte, dass er bald vorüber sein würde.

Gegen 22 Uhr verabschiedeten sich Harald und Elianes Mutter. Eliane war sehr erleichtert darüber. Sie ging an die Theke, um Timo zu fragen, wie lange er noch Zeit hätte, ihr zu helfen. Während sie mit ihm sprach, bemerkte sie, wie Robert von hinten ganz nahe an sie herantrat und seine Hand vom Nacken ganz langsam - er berührte sie dabei kaum - bis zu ihrem Po hinuntergleiten ließ. Eliane erschauderte, ein angenehmes Kribbeln breitete sich in ihr aus. Dabei flüsterte er ihr ins Ohr: »Ich warte nachher auf dich.«

Dann verließ er, nachdem er sich von ihren Freundinnen verabschiedet hatte, das Café.

Inzwischen war es schon fast Mitternacht und Vivienne und Tamara saßen immer noch da. Die beiden waren leicht beschwipst und kicherten etwas unkontrolliert vor sich hin. Eliane wäre sie nun gerne losgeworden, aber hinausschmeißen wollte sie ihre Freundinnen auch nicht gerade, wenn sie sich auch etwas ärgerte, dass die beiden sich die ganzen Wochen, in denen es ihr schlecht gegangen war, nicht gemeldet hatten, nun aber zum Feiern da waren. Aber Eliane war kein nachtragender Mensch und entschuldigte deren Verhalten damit, dass sie auch ihre gesellschaftlichen Verpflichtungen hatten. Rebecca und Klara waren recht früh gegangen. Da hatte sie ein etwas schlechtes Gewissen gehabt, weil sie sich so gut wie gar nicht um die beiden gekümmert hatte, da sie so mit ihren Freundinnen und Robert beschäftigt gewesen war. »Aber ich werde das nachholen«, murmelte Eliane vor sich hin. Vor ungefähr einer Stunde hatte dann Timo gefragt, ob sie ihn noch brauchen würde. Sie meinte, dass er ihr schon genug geholfen hätte und dass er ruhig nach Hause gehen könne. Daraufhin verabschiedete er sich etwas kühl. Das kam ihr komisch vor, denn er hatte sie auch nicht richtig umarmt zum Abschied, wie er es sonst zu tun pflegte. Aber sogleich wurde sie wieder von den Gedanken, wie sie Vivienne und Co nun endlich loswerden konnte, abgelenkt. Entschlossen sagte sie nun: »Na, ihr zwei, wie wäre es, wenn ihr nun nach Hause gehen würdet? Ich denke, viel Alkohol vertragt ihr heute sowieso nicht mehr und ich habe noch was vor.«

»Ah«, entgegnete Vivienne etwas lallend. »Der Robert wartet auf dich, ja dann, den würde ich auch nicht von der Bettkante stoßen.« Tamara nickte zustimmend. Eliane sah die beiden finster an. Schließlich erhob sich Tamara und sagte: »Ist gut, wir gehen ja schon.«

Vivienne erhob sich ebenfalls, schwankte aber ein bisschen. Sie hatte bedeutend mehr Alkohol zu sich genommen als ihre Freundin. Sie fasste Eliane an der Schulter und meinte augenzwinkernd: »Na, dann wünsche ich dir eine schöne Nacht und guten Sex. Hast ja in den letzten Wochen wahrscheinlich nicht allzu viel davon bekommen.« Das war nun Tamara doch etwas peinlich, deshalb zog sie Vivienne, nachdem sie Eliane umarmt und sich verabschiedet hatte, schnell nach draußen.

Eliane atmete erleichtert auf. Sie schaute sich im Café um und entschied sich, morgen früh aufzuräumen, schließlich war morgen Sonntag und ihr „Café Früher" würde geschlossen bleiben. Im Moment konnte sie keinen klaren Gedanken mehr fassen und wollte sich nur noch in Roberts Arme flüchten.

Harald

Harald saß in einer Bar an der Theke und stützte das Gesicht auf seine Hände. Was sollte er nur tun? Er hatte Elianes Mutter nach Hause gefahren und sie waren dort noch lange zusammen vor ihrem Haus im Auto sitzen geblieben. Brigitte hatte ihm streng in die Augen geschaut und gesagt: »Du musst etwas unternehmen, sonst fängt Eliane noch was mit diesem Kellner an. Du liebst sie doch noch oder nicht?«

Er hatte Brigitte zuvor erzählt, dass er sich von seiner Freundin getrennt und eine eigene Wohnung ganz in der Nähe gemietet hatte und ihr auch gesagt, dass er um alles in der Welt Eliane zurückbekommen wolle und das war auch tatsächlich so. Aber auch er hatte wohl bemerkt, wie dieser Timo sie die ganze Zeit angeschaut hat. Aber was sollte er tun? Er war es nicht gewohnt, um eine Frau zu kämpfen, meistens liefen die ihm hinterher. Und Eliane hatte ihm durchaus in den letzten Wochen zu verstehen gegeben, dass dieser gemeinsame Lebensabschnitt für sie beendet wäre. Die Bardame riss ihn aus seinen Gedanken, indem sie ihn fragte, ob er noch etwas trinken wolle. Was soll's, Autofahren kann ich sowieso nicht mehr, sonst bin ich meinen Führerschein los, dachte er sich. »Ja, bitte noch einen Wodka.«

Die vollkommene Nacht

Eliane brauchte nicht lange zu warten, nachdem sie an Roberts Tür geklingelt hatte.

Robert riss die Tür auf und Eliane schaute ihn an, sie musste beim Anblick seines muskulösen Körpers schlucken und war schon sehr erregt, bevor er sie überhaupt berührt hatte. Er war nur mit einer Boxershorts bekleidet. So wäre Harald nie zu Hause rumgelaufen, schoss es ihr durch den Kopf. Langsam kam er auf sie zu, fasste nach ihrer Hand und zog sie in die Wohnung. Er küsste sie sanft, zuerst auf den Mund, dann tastete er sich langsam mit seinen Lippen an ihrem Hals hinunter, bis er schließlich vor ihr niederkniete und ihr Kleid mit den Händen nach oben schob. Eliane stöhnte auf und half ihm dabei. Hastig zerrte sie das enge Kleid über ihren Kopf und ließ es auf den Boden gleiten. Robert fuhr mit seinen Liebkosungen fort, schaffte sich langsam von ihrem Schambereich nach oben, bis er schließlich ihre harte herausstehende Brustwarze mit seinen Lippen umschloss und heftig daran saugte.

Da konnte Eliane nicht mehr an sich halten. Sie zerrte Robert ins Wohnzimmer, wo sie sich einfach auf den naturfarbenen, flauschigen Teppich, der sich mitten im Zimmer befand, fallen ließ. Hatte sie doch so lange auf diesen Augenblick gewartet. Aber Robert ließ sich Zeit. Er kniete sich nieder und streichelte ganz leicht über ihre intimsten Stellen. Kurz bevor Eliane meinte, es nicht mehr aushalten zu können, erlöste er sie und drang in sie ein. Eliane hatte das Gefühl, ein inneres Feuerwerk zu erleben. So etwas hatte sie noch nie gefühlt.

Am nächsten Morgen saßen Eliane und Robert beim Frühstück in Roberts Küche. Sie hatten sich an die Tischplatte gesetzt, die im gleichen dunkelgrauen Farbton wie die Arbeitsplatte gehalten und rechts an der Wand befestigt war. Eliane war glücklich und so entspannt, wie schon lange nicht mehr.

Robert fragte: »Was hast du heute noch vor?«

»Spätestens heute Abend muss ich Kuchen für morgen backen, denn montags ist mein Café geöffnet. Erst am Dienstag ist Ruhetag«, antwortete Eliane.

»Gut, dann würde ich vorschlagen, wir genießen den Tag, denn morgen muss ich für zwei Wochen auf Geschäftsreise gehen.«

Eliane schaute ihn enttäuscht an, rief sich aber sogleich wieder zur Vernunft. Was hatte sie denn erwartet? Dass Robert ab jetzt nur noch für sie da war? Sie musste über sich selbst den Kopf schütteln. Sie hatte keine Ahnung, was genau er beruflich machte, irgendetwas mit Immobilien hatte er mal erwähnt, aber darüber wollte sie jetzt auch nicht sprechen.

»Was denkst du?«, fragte er nun.

»Nichts Bestimmtes, was schwebt dir heute vor zu unternehmen?«

»Ich hätte da so eine Idee«, erwiderte er, erhob sich und kam langsam auf Eliane zu.

Sechs Wochen später......

Eliane saß etwas frustriert hinter ihrer Theke auf einem Hocker und grübelte, was war schief gelaufen? Es war 10 Uhr morgens und es waren keine Gäste da. Immerhin war nachmittags, zumindest meistens, das Café gut besucht. Aber leben konnte man davon noch nicht, sie hatte sich das einfacher vorgestellt. Dazu kam, dass Robert sich die meiste Zeit auf Geschäftsreisen befand. Auch das hatte sie sich anders vorgestellt. Beim Sex war das nach wie vor der Hammer, aber ansonsten konnte sie sich nicht richtig mit ihm unterhalten, sie lagen irgendwie nicht auf einer Wellenlänge. Außerdem vermisste sie Timo, der hatte sich seit ihrer Einweihungsfeier nicht mehr sehen lassen. Mit ihm konnte man wunderbar sprechen, er fehlte ihr sehr. Was war nur los? Hatte sie irgendetwas Falsches gesagt? Dann war da noch das Problem mit der Wohnung, sie musste sich jetzt schnellstens etwas Neues suchen, sonst war die Frist von einem halben Jahr, die Harald ihr eingeräumt hatte, abgelaufen. Eliane hatte bis jetzt immer noch gehofft, dass Robert fragen würde, ob sie bei ihm einziehen wolle, aber da kam rein gar nichts. Vielleicht meinte er es doch nicht so ernst. Außerdem nervte ihr Ex-Mann sie gewaltig. Dauernd tauchte er wegen irgendwelchen unglaubwürdigen Angelegenheiten auf. Vor kurzem hatte er angedeutet, dass er gerne wieder zu ihr zurückkommen würde. Wäre es wirklich das Schlechteste?, fragte sich Eliane. Mit Robert erwartete sie eigentlich keine richtige Zukunft und wenn sie es mit Harald noch einmal versuchen würde, dann hätte sie doch zumindest ihr Café und eine Aufgabe. Das Problem mit dem Haus wäre auch gelöst. Aber wollte sie das wirklich? Ihre Gedanken wanderten wieder zurück zu Timo. In letzter Zeit kamen Rebecca und Klara ab und zu mal ins Café. Inzwischen verstand sie sich richtig gut mit ihnen. Wenn die beiden das nächste Mal kämen, müsste sie sie unbedingt fragen, was mit Timo los sei. Warum er nicht mehr vorbei komme. Sie wollte das jetzt einfach wissen. Ihre Gedankengänge wurden unterbrochen, weil drei lustig schwatzende junge Frauen das Café betraten. Eliane freute sich über die Ablenkung und eilte durch den Raum, um die drei zu bedienen.

Es war 15 Uhr, als die Tür des Cafés aufging und Klara und Rebecca hereinkamen. Elianes Laune hatte sich inzwischen deutlich gebessert. Zwischen 14 Uhr und 15 Uhr war sogar jeder Tisch besetzt gewesen. Sie ging auf die beiden zu und umarmte sie herzlich. Die beiden freuten sich sehr darüber. Sie setzten sich an einen Tisch, der etwas abseits stand und nachdem Eliane für die beiden Kaffee geholt hatte, nahm sie ebenfalls

Platz. Es war gerade etwas ruhiger. Nach einer Weile fragte sie vorsichtig: »Was macht eigentlich Timo? Ich habe ihn seit meiner Einweihungsparty nicht mehr gesehen.

Rebecca und Klara schauten sich an, dann meinte Klara: »Ja, der Timo… gut, ich will ganz ehrlich sein. Ich glaube, der hat sich etwas in dich verguckt und gemerkt, dass er keine Chancen bei dir hat.«

Fassungslos schaute Eliane ihre neuen Freundinnen an, damit hatte sie nicht gerechnet und wusste auch nicht, was sie dazu sagen sollte.

Klara unterbrach ihre Überlegungen und sagte - vom Thema ablenkend - zu ihr: »Wenn du mal Hilfe brauchst, ich habe im Moment nichts zu arbeiten und Rebecca kann auch nicht die ganze Zeit nur lernen, können wir gerne mal hier aushelfen. Das würde uns sogar Freude bereiten.«

Eliane antwortete nach kurzer Überlegung: »Ja, das wäre super, ich sollte dringend mal einen Arzttermin beim Frauenarzt ausmachen, da war ich schon zwei Jahre nicht mehr und dienstags, wenn hier Ruhetag ist, hat er keine Sprechstunde.«

»Kein Problem«, meinte nun auch Rebecca. »Mach einfach einen Termin aus und sag uns Bescheid. Wir schmeißen dann den Laden hier.«

»Super, das mache ich, da rufe ich morgen gleich an. Übrigens möchte ich mich bei euch entschuldigen.«

»Warum das denn?«

»Weil ich so lange nicht erkannt habe, dass ihr so nett seid und ich mich euch gegenüber immer so blöde verhalten habe.....«

»So ein Quatsch«, unterbrach Klara sie nun. Du hattest eben ganz andere Interessen.«

»Nein, ich hatte einfach die falschen Freundinnen. Das ist mir aber erst jetzt klar geworden.«

In diesem Moment ging die Tür auf. Vivienne und Tamara traten ein. Die beiden hatten sich auch seit der Einweihungsparty nicht mehr blicken lassen. Eliane schlenderte zu ihnen, deutete eine Umarmung nur an und bat sie kühl, Platz zu nehmen. Nachdem sie die beiden bedient hatte, setzte sie sich wieder zu Rebecca und Klara. Diese strahlten und freuten sich sehr. Vivienne und Tamara schauten etwas irritiert zu ihnen herüber. Nachdem sie ihren Kaffee getrunken hatten - Kuchen kam natürlich nicht in Frage, wegen der schlanken Linie -, warteten die beiden noch eine Weile, aber als ihre Freundin immer noch keine Anstalten machte sich zu ihnen zu setzen, verabschiedeten sie sich mit einem knappen „Tschüss" dann auch recht schnell. Eliane schaute nur kurz auf und rief ihnen hinterher: »Ciao, es kostet nichts!«, denn die ehemaligen Freundinnen hatten nicht daran gedacht, ihre Rechnung zu begleichen.

Nachdem die beiden draußen waren, kicherten Rebecca und Klara. Eliane meinte: »Die haben sich die ganzen Wochen nicht bei mir blicken lassen. Ich weiß jetzt endlich, wer meine wahren Freunde sind.«

»Darauf müssen wir etwas trinken«, sagte Klara. »Hast du einen Prosecco?«

»Na klar«, antwortete Eliane, stand auf und holte die Flasche.

Frauenarzt

Eliane trat aus der Umkleidekabine der Praxis von Dr. Richter, ihrem Frauenarzt. Dieser schrieb noch etwas in seine Karteikarte, schaute dann auf und sah sie ernst an. Nach einer kurzen Pause meinte er: »Frau Sommerfeld, ich möchte Sie jetzt nicht beunruhigen, aber ich habe beim Abtasten ihrer Brust einen Knoten getastet und wir müssen der Sache nachgehen. Deshalb würde ich vorschlagen, dass sie sich morgen im Städtischen Klinikum melden, damit wir gleich eine Biopsie vornehmen können. Dort habe ich Belegbetten. Sie brauchen dann, wenn wir das gleich morgen machen, nicht all zu lange auf das Ergebnis warten. Eliane schaute Ihren Arzt entsetzt an, schluckte kurz und sagte: »Gut, um wie viel Uhr soll ich dort sein und wie lange werde ich bleiben müssen? Wissen Sie, ich habe erst vor kurzem ein Café eröffnet und führe das alleine.«
»Das kann ich verstehen. Sie werden am gleichen Tag wieder nach Hause gehen können, da es nur ein kleiner Eingriff ist. Dann müssen wir ungefähr eine Woche warten.
Vereinbaren Sie bitte gleich draußen bei Frau Eckhard einen Termin in acht Tagen, damit wir alles Weitere besprechen können. Bis dahin wünsche ich Ihnen alles Gute!«
»Ja, natürlich, das mache ich. Auf Wiedersehen!«

»Auf Wiedersehen! Und, Frau Sommerfeld, machen Sie sich nicht zu viele Gedanken, selbst, wenn es bösartig wäre, der Knoten ist noch sehr klein. Auch dann hätten sie also sehr gute Chancen, wieder vollständig gesund zu werden.«

Krankenhaus

Eliane wartete jetzt schon eine Stunde im Wartezimmer des Klinikums. Sie war mit den Nerven am Ende und fühlte sich vollkommen hilflos und alleine. Ihr wurde bewusst, dass sie eigentlich niemanden hatte, der sich wirklich um sie kümmerte. Ihre Ehe war gescheitert, ihre Mutter dachte nur an sich selbst und ihre beiden, eigentlich besten Freundinnen, hatte sie nur zweimal gesehen, seit sie von Harald getrennt war. Und diese Treffen waren nicht sehr berauschend gewesen. Letzte Woche war Harald eines Abends unverhofft bei ihr vorbeigekommen. An diesem Abend hatte er sie sehr bedrängt, es noch einmal mit ihm zu versuchen. Eliane hatte es aber strikt abgelehnt. Vielleicht ist das doch ein Fehler gewesen, überlegte sie sich jetzt, denn ob sie mit Robert auf Dauer glücklich werden würde, das war die große Frage. Er war dauernd unterwegs. Aber, wenn er da war, verbrachten sie immer ein paar schöne Stunden miteinander. Eliane wurde aus ihren Gedanken gerissen, als sie endlich aufgerufen wurde. Mit zittrigen Beinen ging sie auf die Krankenschwester zu, die in der Tür zum Ärztezimmer stand und schon wartete.

»Ich bin Schwester Elke«, sagte die Schwester und erklärte ihr, dass der Stationsarzt vor dem Eingriff noch ein Aufklärungsgespräch mit ihr führen wolle. Dabei lächelte sie Eliane aufmunternd zu, so dass diese sich gleich etwas besser fühlte.

Robert

Robert saß mit seinem Jugendfreund Ralf in einem Café in der Innenstadt. Er hatte zu Eliane gesagt, dass er arbeiten müsse, aber in Wirklichkeit wollte er sich mal so richtig aussprechen und das konnte er nur mit Ralf. Seit der Grundschule war er mit ihm befreundet. Nachdem er ihm alles über seine Beziehung zu Eliane erzählt hatte, saßen sie eine Weile schweigend da, dann äußerte Ralf sich: »Wo ist das Problem? Bisher waren deine Weibergeschichten doch nie ein Problem. Entweder du beendest die Geschichte, bevor es ernst wird oder du versuchst es einfach mit ihr.«

»Na ja, so einfach ist das nicht, ich mag sie wirklich sehr, aber Eliane nimmt die ganze Sache schon sehr ernst, sie hofft, dass ich sage, dass sie bei mir einziehen kann, weil sie ihr Haus aufgeben muss. Sie macht keine Anstalten eine Wohnung zu suchen und das liegt mir etwas im Magen.«

»Dann sag ihr doch einfach, dass du das nicht möchtest, dass dir das noch zu früh ist.«

»Ich weiß es einfach nicht, vielleicht könnte es mit ihr auch klappen. Sie könnte durchaus die Richtige sein, mit der ich endlich mal eine Beziehung auf Dauer führen könnte.«

Ralf stöhnte auf und antwortete genervt: »Dann versuch es halt. Wenn es nicht klappt, könnt ihr euch ja wieder trennen.«

»Ja, aber dazu kommt noch, dass sie gerade in der Klinik ist und eine Biopsie machen lässt. Vielleicht hat sie Brustkrebs. Ich glaube, das wird mir alles zu viel. Wenn das tatsächlich so ist, weiß ich nicht, ob ich das schaffen werde.«

»Ja, ja, du bist schon immer davongerannt, wenn es kompliziert wurde, da wird sich auch in Zukunft nichts dran ändern, aber wir drehen uns im Kreis. Lass uns noch etwas zu trinken bestellen und von was anderem sprechen.«

»Okay«, antwortete Robert und dachte sich, dass er diese Entscheidung wohl alleine treffen musste...

Verunsichert

Eliane hatte mit weichen Knien die Klinik verlassen und stand nun unschlüssig da. Was sollte sie tun? Am liebsten würde sie zu Rebecca und Klara gehen und sich ausheulen, aber so lange waren sie noch nicht befreundet, dass man ihnen das zumuten konnte. Außerdem waren die beiden im Moment in ihrem Café beschäftigt. Klara hatte gesagt, dass sie erst heute Abend wieder vorbeischauen bräuchte und sie sich lieber nach den Strapazen ausruhen solle.

Vielleicht wäre sogar Timo da und Eliane wollte nicht, dass er sie in diesem Zustand sah. Er wollte schließlich nicht mal mehr etwas mit ihr zu tun haben. Sie konnte nicht so richtig glauben, dass er in sie verliebt war, da sie doch so freundschaftlich miteinander umgegangen waren. Seufzend entschloss sie sich, schnellstens nach Hause zu gehen und sich einfach mal so richtig auszuheulen. Als Eliane mit dem Auto in ihre Straße einbog, sah sie schon von Weitem Harald vor ihrer Haustüre stehen. War das ein Grund zur Freude oder nicht? Sie fuhr ihr Auto in die Garage und ging auf ihn zu. Er sah sie an, sagte nicht viel und nahm sie einfach in die Arme. Da konnte Eliane sich nicht beherrschen und begann zu weinen. Harald strich ihr übers Haar und sagte: »Jetzt komm erstmal rein. Was ist passiert? Du siehst ja furchtbar aus!«

Nachdem sie ihrem Mann alles erzählt hatte, sprachen die beiden eine Weile nichts. Er hielt sie weiterhin in den Armen, drückte sie fest an sich und streichelte ihr über den Rücken. Nach einer Weile meinte er: »Eliane, ich liebe dich! Ich habe dich immer geliebt, das mit Sabine war nur eine Affäre. Lass es uns noch einmal versuchen.«

Eliane schluckte, löste sich dann aus seiner Umarmung, indem sie erwiderte: »Es tut mir leid, dass ich mich so habe gehen lassen. Ich liebe dich nicht mehr, ich bin mit Robert zusammen. Ich werde wahrscheinlich bei ihm einziehen.«

»Robert? Wer ist Robert?«, fragte er verwirrt.

»Mein Vermieter. Wir lieben uns und ich werde nicht zu dir zurückkommen. Tut mir leid!«

Fassungslos schaute Harald seine Frau an, damit hatte er nicht gerechnet. Wenn, dann dachte er, dass sie vielleicht eine Affäre mit diesem Kellner hätte. Er erhob sich und sagte während des Hinausgehens kurz angebunden: »Ach, so ist das. Okay, wenn du es dir anders überlegst, weißt du ja, wo du mich erreichen kannst.«

WG

Klara und Rebecca saßen zusammen mit ihrem Mitbewohner im Wohnzimmer, um ihm ins Gewissen zu reden, dass er doch mal nach Eliane schauen solle. Klara und Timo saßen bequem auf dem Sofa. Rebecca hatte sich einen Stuhl von der Esstischgruppe geholt und sich darauf gesetzt. Sie erzählten ihm, wie schlecht es Eliane ginge und baten ihn, zu ihr zu gehen und ihr etwas Mut zuzusprechen. Timo legte das Gesicht auf seine Hände und überlegte. Nach einer kleinen Ewigkeit schaute er auf und meinte: »Ich kann das jetzt nicht! Ich will etwas Abstand gewinnen und möchte Eliane aus meinem Kopf herausbekommen. Außerdem ist es ja noch gar nicht sicher, ob sie wirklich Brustkrebs hat.«

»Aber du liebst sie doch«, warf nun Klara ein.

»Das weiß ich doch gar nicht, ich kenne sie ja noch nicht so lange. Ich bin gerne mit ihr zusammen und sie gefällt mir sehr, ja, aber alles andere habe ich mir wahrscheinlich nur eingeredet.«

Nun schaute ihn auch Rebecca etwas irritiert an. »Timo, gerade du, der bis jetzt mit Liebe nicht viel am Hut hatte, bildet sich so was doch nicht ein.«

»Was soll's? Ist auch egal. Ich kümmere mich jetzt darum, dass ich mein Geld zusammen bekomme und dann werde ich für längere Zeit nach

Australien gehen. Wenn ich weg bin, kann ich auch nicht für sie da sein, als Freund, meine ich.« Klara seufzte: »Okay, dann warten wir jetzt das Ergebnis ab. Aber bitte versprich uns, dass du wenigstens einmal zu ihr gehst, zumindest bevor du nach Australien abhaust.«

»Okay«, meinte Timo zögernd. »Das verspreche ich.«

Sechs Wochen später

Eliane war auf dem Weg von ihrem Haus zum Café. Sie fühlte sich noch etwas schwach, da sie inzwischen schon zwei Brustoperationen gehabt hatte. Vor fünf Wochen waren der Knoten in der Brust und einige Lymphknoten herausoperiert worden. Als sie eine Woche später zur Besprechung des histologischen Befundes gegangen war, teilte ihr Dr. Richter behutsam mit, dass die Pathologen in drei Lymphknoten, die bei der Operation unter der Achselhöhle entnommen wurden, Krebszellen gefunden hatten und sie noch einmal nachoperiert werden müsse, um noch weitere Lymphknoten zu entfernen. Für Eliane brach zum zweiten Mal eine Welt zusammen, aber sie schaffte es wieder, sich aufzurappeln, vor allem, weil Rebecca und Klara alles taten, um ihr beizustehen. Darüber war sie sehr dankbar, hatte sie doch sonst niemanden. Nun war auch diese Operation geschafft und Eliane hatte sich gut davon erholt. Der Arzt hatte ihr gleich danach gesagt, dass sie um eine Chemotherapie nicht herumkommen würde, da man insgesamt in vier Lymphknoten Krebszellen gefunden habe, dass ihre Chancen auf vollständige Heilung wirklich sehr gut seien, er ihr aber auf jeden Fall zu dieser Therapie raten würde.
Die Zeit würde hart werden, da machte sich Eliane keine Illusionen, aber inzwischen hatte sie

81

nach der ersten schlimmen Zeit ihre Ängste etwas überwunden und sah der Sache gelassener entgegen. Sie machte sich allerdings Gedanken, wie sie unter diesen Umständen ihr Café halten sollte.

Nun war es schon Januar. Eliane hatte zum ersten Mal Silvester nicht gefeiert. Abends war sie allerdings bei Klara und Rebecca zum Abendessen gewesen, hatte sich aber nicht überreden lassen bis Mitternacht dazubleiben. Timo hatte etwas anderes vorgehabt und war nicht dabei gewesen.

Eliane holte tief Luft und atmete die frische winterliche Luft ein. Obwohl sie in der Stadt wohnte, gab es in ihrem Wohngebiet, am Stadtrand, doch ein paar Grünflächen und Bäume, die heute Morgen noch - der Jahreszeit entsprechend - mit Raureif bedeckt waren.

Kurz kam ihr der Gedanke, ob auch bei ihr der Winter gekommen sei und kein Frühjahr folgen würde, aber gleich verdrängte sie ihn wieder und sagte sich: »Ich werde das schaffen!« Dr. Richter hatte ihr Mut gemacht und gesagt, dass es gut war, dass man den Knoten doch recht früh entdeckt hätte.

Zugleich wanderten ihre Gedanken wieder zum Café zurück, sie hatte inzwischen in Klara und Rebecca wirklich sehr gute Freundinnen gefunden. Die beiden hatten ihr versprochen, sie zu unterstützen und sich im nächsten halben Jahr - so lange würde die Chemotherapie dauern - um das Café zu kümmern und ihr beizustehen. Jetzt wollten sie sich treffen, um die Details zu besprechen. Eliane war den beiden wirklich von Herzen dankbar und konnte sich ihr Leben ohne ihre neuen Freundinnen überhaupt nicht mehr vorstellen. Mit Tamara und Vivienne hatte sie innerlich abgeschlossen. Mit den beiden wollte sie nichts mehr zu tun haben. Sie hatte erkannt, wie oberflächlich diese waren. Was ihr wirklich zu schaffen machte, war das gestörte Verhältnis zu ihrer Mutter, diese hatte sich nicht mehr bei ihr blicken lassen und das machte Eliane traurig, immerhin war es ihre Mutter, wenn sie sich auch noch nie wirklich gut verstanden hatten.

Inzwischen hatte sie das Café erreicht und sah schon von Weitem Rebecca und Klara davor stehen. Sie rief ihnen entgegen: »Warum geht ihr denn nicht rein? Drinnen wäre das Warten doch angenehmer gewesen.«

Rebecca antwortete: »Wir genießen die frische Luft und sind auch gerade eben erst angekommen.«

Nachdem sie sich mit Küsschen begrüßt hatten, schloss Eliane die Tür auf und die drei betraten das Café und setzten sich an ihren Lieblingstisch in der Ecke. Trinken mochte im Moment niemand etwas.

»Du siehst blass aus«, Rebecca sah Eliane sorgenvoll an.

»Ja, es geht mir auch nicht so gut. Ich habe panische Angst vor der ersten Chemotherapie und ich mache mir Sorgen um das Café.«

»Aber das brauchst du doch nicht«, tröstete Klara sie sogleich. »Wir haben dir doch versprochen, dass wir uns darum kümmern werden.«

»Ja, schon, aber ein halbes Jahr ist eine lange Zeit und ich kann euch nicht bezahlen, das Café wirft noch nicht genug ab. Und dann kommt anschließend noch eine Strahlentherapie, das geht dann auch noch mal sechs Wochen und dann bin ich wahrscheinlich immer noch nicht fit genug, das hier alleine zu machen.«

Rebecca fiel ihr ins Wort: »Mach dir nicht so viele Gedanken. Wir arbeiten im Moment beide nicht und ob wir jetzt daheim herumsitzen oder uns um dein Geschäft hier kümmern, macht keinen Unterschied. Das macht sogar noch Spaß. Außerdem bekommen wir ja immer etwas Trinkgeld. Und ich kann auch hier lernen, wenn gerade nichts los ist. Wir werden uns einfach abwechseln.«

Klara nickte zustimmend.

»Aber ich kann ja wahrscheinlich in der Zeit auch keinen Kuchen backen, wie soll das dann gehen?«

Das machen wir auch oder traust du uns das nicht zu?«

»Doch, natürlich, so war das nicht gemeint und ich werde euch unterstützen, zusätzlich werde ich auch nach einem Lieferanten schauen, damit ihr nicht so viel Arbeit habt. Und wenn es mir gut geht, werde ich natürlich selbst backen.«

»Gut«, antwortete Rebecca. »Das kannst du gerne machen, wir werden auf jeden Fall täglich zwei selbst gebackene Kuchen anbieten, das kommt einfach besser bei den Kunden an.«

»Also gut, ihr habt mich überredet, dann machen wir das so. Ich bin euch so dankbar. Das kann ich in diesem Leben nie mehr wiedergutmachen.«

»Das brauchst du auch nicht. Du kannst uns glauben, es macht uns riesigen Spaß hier mit dir zusammen das Café aufzubauen und wenn du irgendwann mal genug Geld verdienen wirst, dann kannst du uns bezahlen.«

»Das werde ich schon vorher machen, sobald das Café etwas Gewinn abwirft, werdet ihr Geld bekommen.«

»Wir werden sehen«, antworteten die beiden Freundinnen gleichzeitig. »Schau du erst mal, dass du gesund wirst, du wirst deine ganze Kraft dafür brauchen.«

»Ich danke euch, ich bin so froh, dass es euch gibt«, flüsterte Eliane. Sie konnte es nicht vermeiden, dass ihr Tränen übers Gesicht liefen. Hastig versuchte sie diese wegzuwischen. Klara nahm sie einfach in die Arme. Rebecca erhob sich schweigend um alles vorzubereiten, da in fünf Minuten das Café öffnen würde.

Brigitte

Brigitte Sommerfeld saß gedankenverloren im Erker ihrer Eigentumswohnung, die sich im Arlinger, am Stadtrand von Pforzheim befand und blickte auf die große Wiese, die sich hinter ihrem Haus erstreckte. Die Fenster befanden sich auf der Südseite. Es war früh am Nachmittag, die Sonne schien und im Moment wurde das Landschaftsbild in ein strahlendes Licht getaucht. Man hatte hier nicht das Gefühl, so nah an der Stadt zu wohnen. Sorgenvoll hing Brigitte ihren Gedanken nach, sie hatte von ihrer Tochter seit der Eröffnungsparty des Cafés nichts mehr gehört. Sie war zu stolz, den ersten Schritt zu tun und auf Eliane zuzugehen, nachdem diese sie so dreist vor die Tür gesetzt hatte. Trotzdem machte sie sich Sorgen, denn Brigitte liebte ihre Tochter, wenn sie das auch nicht zeigen konnte. Verstehen konnte sie es nicht, dass Eliane nicht um ihre Ehe kämpfte. Auch jetzt, als Harald sie zurück haben wollte - wie er berichtet hatte - lag ihr nichts daran, die Ehe fortzusetzen. Das konnte sie einfach nicht verstehen und das mit diesem Café war ja wohl eine Schnapsidee. Eliane könnte so ein schönes Leben führen und müsste nicht arbeiten und was macht sie? Jetzt musste sie Tag und Nacht schuften und könnte es doch viel besser haben. Für Brigitte war das unbegreiflich. Trotzdem würde sie gerne wieder Kontakt zu ihr aufnehmen, aber sie konnte einfach nicht über ihren Schatten springen. Gestern hatte sie Elianes Freundin Vivienne angerufen, konnte aber nur erfahren, dass ihre Tochter anscheinend auch den Kontakt zu ihren Freundinnen abgebrochen hat. War die denn jetzt vollkommen verrückt geworden?

Brigitte schreckte hoch, als es an der Haustür klingelte. Nachdem sie zur Tür geeilt war und durch den Spion geschaut hatte, stellte sie verwundert fest, dass Klara vor der Tür stand. Sie kannte sie noch aus Elianes Schulzeit und hatte sie auch bei der Einweihungsparty im Café gesehen. Brigitte konnte sich aber nicht erklären, was diese von ihr wollte und öffnete nur zögernd die Tür. »Guten Tag, was kann ich für Sie tun?«

Klara antwortete: »Frau Sommerfeld, ich muss etwas mit Ihnen besprechen, darf ich vielleicht reinkommen?«

Etwas irritiert und wenig begeistert trat Brigitte zur Seite und machte widerwillig eine einladende Handbewegung, damit Klara eintreten konnte. Diese folgte ihr ins Wohnzimmer und nahm etwas unsicher auf der elfenbeinfarbigen Stoffcouch Platz. Sie traute kaum, sich richtig hinzusetzen, es war hier alles so extravagant und steril. Brigitte setzte sich Klara - immer noch etwas unwillig - gegenüber in den Designersessel, der farblich exakt zum Sofa passte.

»Was gibt es denn so Wichtiges? Ist etwas mit meiner Tochter?«, fragte sie nun doch etwas besorgt.

»Ja, Eliane braucht Sie jetzt«, sprudelte es aus Klara heraus.

»Was ist los? Nun sagen Sie schon, was ist mit ihr?«, wollte Brigitte, nun schon leicht hysterisch, wissen.

»Wissen Sie denn nicht, dass ihre Tochter Brustkrebs hat?«

»Entsetzt sah Brigitte Klara an. »Nein, das hat sie mir nicht gesagt, ich habe Eliane seit der Einweihungsfeier nicht mehr gesehen, sie möchte mich nicht um sich haben.«

 »Aber das ist doch Quatsch«, meinte Klara sanft. Eliane ist sehr traurig über das Zerwürfnis mit Ihnen, wenn sie es auch nicht zugeben möchte. Sie sind doch ihre Mutter und sie braucht Sie jetzt.«

Man sah Brigitte den inneren Kampf an. Schließlich schaute sie Klara an und sagte leise: »Danke, dass Sie mich aufgesucht haben.«

Chemotherapie

Eliane saß zusammen mit Klara im Wartebereich der Klinik. Sie sollte heute ihre erste Chemotherapie bekommen. Nervös rutschte sie auf ihrem Stuhl hin und her. Klara nahm ihre Hand zwischen ihre Hände, streichelte sie und sagte: »Bleib ganz ruhig Eliane, es passiert nichts. Es ändert sich heute nichts, nur weil du eine Chemotherapie bekommst. Natürlich wird es dir schlecht gehen, aber das ist ja nur vorübergehend und ich werde dir beistehen.«

Eliane sah ihre Freundin dankbar an und erwiderte: »Ich bin so froh, dich und Rebecca als Freundinnen zu haben. Ich wüsste gar nicht, was ich ohne euch machen sollte. Wie kann ich euch jemals dafür danken und wieder gut machen, was ihr alles für mich tut?«

Das brauchst du nicht, das ist doch selbstverständlich. Wir haben im Moment die Zeit und können es uns leisten. Außerdem sind Freunde dazu da, sich gegenseitig zu helfen. Jetzt musst du das erstmal alles überstehen, das ist das Wichtigste. Ich weiß, dass es nicht leicht wird, aber wir stehen das zusammen durch.«

Eliane antwortete: »Ich weiß, tagtäglich müssen das so viele Frauen aushalten und ich kenne auch einige, die wieder vollständig gesund geworden sind. Denen geht es jetzt blendend, aber ich habe einfach höllische Angst vor dieser ersten Chemo«, seufzte Eliane.

»Das kann ich verstehen. Wie die Ärzte dir schon gesagt haben, wirst du ein paar Tage danach flachliegen, aber dann wirst du dich wieder erholen und irgendwie geht auch dieses halbe Jahr rum.«

Eliane wollte gerade etwas erwidern, als sie aufgerufen wurde. Sie folgte der Krankenschwester in den Behandlungsraum. Dort waren ungefähr 15 Liegesessel im Raum verteilt. Sie durfte sich einen aussuchen und steuerte gezielt zu einem Sessel, der etwas abseits in der Ecke stand. Dort würde sie wenigstens ihre Ruhe haben. Ihr Herz klopfte bis zum Hals. Eliane schimpfte mit sich selbst, schließlich sollte sie hier nicht umgebracht werden und andere waren nach der Chemo ja auch wieder lebend aus der Klinik herausgekommen und sie würde das ebenfalls, aber sie konnte nichts gegen ihre Angst tun. Nachdem die Krankenschwester ihr ganz nett und freundlich den Ablauf erklärt hatte, wurde sie etwas ruhiger. Schwester Alexandra, wie diese sich vorgestellt hatte, hatte so eine beruhigende Art, dass sie sich ein bisschen entspannte. Die Schwester erklärte ihr, dass sie nun Blut abnehmen würde. Eliane hatte letzte Woche in einer kleinen Operation schon einen Venenzugang unterhalb des Schlüsselbeins, einen sogenannten Port, gelegt bekommen. Dort würde nun die Infusion für die Chemotherapie angeschlossen und in ihren Kreislauf gelangen können. Dadurch konnte man auch Blut entnehmen, sodass ihr nicht zusätzlich in die Armvene gestochen werden musste.

Das Blut würde dann sofort untersucht werden und wenn die Werte in Ordnung wären, die Infusion vorbereitet werden und ungefähr eine halbe Stunde später die Therapie beginnen. Aber sobald Alexandra sich von ihrem Platz entfernt hatte, kroch die Angst wieder in Eliane hoch. Sie meinte, keine Luft mehr zu bekommen, ihr Herz schlug noch heftiger als vorher, sie wusste nicht, was sie tun sollte und rief: »Schwester, können Sie bitte noch einmal herkommen.«

Schwester Alexandra kam sofort herbeigeeilt und fragte: »Was kann ich für Sie tun? Geht es Ihnen nicht gut?«

»Nein, überhaupt nicht«, presste Eliane hervor. »Ich bekomme keine Luft mehr und das, bevor ich überhaupt eine Chemotherapie bekommen habe. Ich weiß nicht, was los ist.«

»Ganz ruhig!«, antwortete Alexandra. »Sie haben eine Panikattacke. Atmen Sie ein und ganz tief aus. Beruhigen Sie sich. Ich werde den Arzt rufen.« Die Krankenschwester griff nach dem Telefon, das sie in ihrem Kittel in der Tasche hatte und wählte eine Nummer. In der Zwischenzeit nahm sie Elianes Hand und drückte sie beruhigend. Sofort begann diese wieder normal zu atmen und beruhigte sich.

Der Arzt, der sich als Doktor Jacobi vorstellte, war wenige Minuten später bei Eliane. Nachdem die Krankenschwester ihm berichtet hatte, was passiert war, meinte er: »Sie müssen sich keine Sorgen machen, wir machen das hier jeden Tag. Wir untersuchen vorher ihr Blut, ob alles in Ordnung ist. Erst wenn wir das wissen, fangen wir mit der Behandlung an. Sie sind hier unter ständiger Beobachtung. Ich gebe Ihnen jetzt ein beruhigendes Medikament und dann werden wir die Infusion ganz langsam einlaufen lassen. Außerdem bekommen Sie noch etwas Cortison, um allergischen Reaktionen vorzubeugen. Ich werde die ersten zehn Minuten bei Ihnen bleiben. Sie brauchen keine Angst zu haben.« Er nickte Eliane aufmunternd zu.

»Gut«, Eliane nickte. Sie wollte sich entschuldigen, dass sie so hysterisch reagiert hatte, aber der Arzt winkte nur ab und sagte: »Das ist vollkommen normal, es ist ja auch nicht gerade ein Spaziergang, so eine Therapie machen zu müssen. Ich verstehe das vollkommen.«

Eliane ließ sich von Klara in deren klapprigen Polo - bei dem man sich Sorgen machen musste, dass er jeden Moment zusammenbrechen würde - nach Hause fahren. Da war keine Angst mehr, dazu war sie viel zu erschöpft. Sie wollte nur noch eins, nämlich nach Hause und in ihr Bett. Unterwegs hielt Klara noch vor einer Apotheke an, weil der Arzt Eliane ein Rezept für ein Medikament gegen Übelkeit aufgeschrieben hatte, das sie unbedingt gleich zu Hause einnehmen sollte. Während Klara in der Apotheke war, um das Medikament zu holen, war Eliane tief und fest eingeschlafen. Klara weckte ihre Freundin nicht auf, fuhr zu ihrem Haus, parkte in der Einfahrt, stieg aus, ging ums Auto zur Beifahrertür und half Eliane beim Aussteigen. Diese war inzwischen aufgewacht, fühlte sich aber sehr schwach und sagte zu Klara: »Ich weiß nicht, ob ich das überleben werde, ich fühle mich, als ob das ganze Leben aus mir rausgesaugt worden wäre.«

»Jetzt gehst du erstmal ins Bett, schläfst dich so richtig aus, dann wirst du sehen, dass die Welt morgen schon wieder besser aussieht.« Klara hielt ihre Freundin am Arm fest, um sie zu stützen, weil diese leicht schwankte.

Eliane schloss die Haustür auf und schaute fassungslos auf ihre Mutter, die in der Diele stand und ihr mit besorgtem Blick entgegen sah.

»Was machst du denn hier«, fragte sie etwas verwirrt.

»Eliane, Kind, du siehst ja vollkommen erschöpft aus. Ich bin hier um dir zu helfen«, antwortete Brigitte leise und etwas zögernd.

Auf einmal ging Eliane auf ihre Mutter zu, umarmte sie und schluchzte auf: »Oh, Mama, ich bin so froh, dass du da bist.«

Jetzt liefen auch bei Brigitte die Tränen übers Gesicht. Klara zog sich leise zurück, um ins Café zu gehen und Rebecca abzulösen.

...

Als Eliane am frühen Morgen um 5 Uhr aufwachte, geriet sie erneut in Panik. Sie konnte sich kaum rühren, alles war bleischwer und die Übelkeit war auch wieder da. Nachdem ihre Mutter ihr gestern Abend die vom Arzt verordnete Tablette, gebracht und die Wirkung eingesetzt hatte, war es ihr möglich gewesen, die ganze Nacht durchzuschlafen. Aber jetzt war alles unverändert, im Gegenteil, es war noch schlimmer. Eliane kämpfte gegen die Panik an, traute sich aber noch nicht aufzustehen und sich zu bewegen, weil sie sich sicher war, sich sofort übergeben zu müssen. Sie erinnerte sich, dass ihre Mutter bei ihr war und rief laut nach ihr. Brigitte kam sofort und half ihrer Tochter langsam aufzustehen und stützte sie auf dem Weg ins Bad.

Dort musste Eliane sich übergeben, obwohl eigentlich gar nicht viel in ihrem Magen war.

Danach lag sie vollkommen erschöpft in ihrem Bett. Später brachte ihre Mutter ihr einen Tee. Wenigstens wirkte inzwischen die Tablette gegen Übelkeit, die sie zuvor noch einmal eingenommen hatte, so dass Eliane mit langsamen Schlucken den Fencheltee trinken konnte.

Erleichtert bemerkte sie, dass das Schwächegefühl etwas nachließ und die Übelkeit zurückging.

5 Tage später

Eliane saß frisch geduscht im Wohnzimmer in ihrem Lieblingssessel. Sie hatte sich erholt und freute sich, dass sie sich schon fast wieder normal fühlte. Ihre Mutter war in ihre eigene Wohnung gegangen, um sich um ihre Angelegenheiten zu kümmern, würde aber am Abend wieder zurückkommen. Eliane war glücklich, dass sich das Verhältnis zu ihrer Mutter so zum Guten gewendet hatte und sie war wirklich sehr dankbar, dass diese ihr zur Seite stand. Außerdem gab Brigitte sich alle Mühe auf ihre Tochter einzugehen und keinen Streit entstehen zu lassen. Eliane sah erstaunt auf, als es klingelte. Sie erwartete niemanden, da ihre Freundinnen im Café beschäftigt waren. Wer konnte das sein? Hoffentlich nicht Harald, der würde ihr gerade noch fehlen. Sie ging in die Diele, öffnete die Tür und wusste nicht wie ihr geschah und ob sie sich darüber freuen sollte. Im Eingangsbereich stand Robert. Eigentlich hatte sie Sehnsucht nach ihm, wollte aber nicht, dass er sie in diesem Zustand sah, dachte sich dann aber, ich bin frisch geduscht und gerichtet und sehe eigentlich fast aus wie immer. Die Tage zuvor hatte er sich nicht gemeldet und als er eintrat, entschuldigte er sich auch sogleich mit den Worten: »Hallo, mein Schatz, ich wollte erst einmal, dass du dich erholen kannst, bevor ich dich überfalle.«

»Kein Problem«, meinte Eliane. »Das hättest du dir auch nicht antun müssen, ich war wirklich am Ende. Das war kein schöner Anblick.«

Steif standen sie sich gegenüber, schließlich ging Robert einen Schritt auf seine Freundin zu und wollte sie in den Arm nehmen, aber sie wehrte ab und sagte: »Du Robert, ich kann verstehen, wenn dir das jetzt alles zuviel ist. Ich denke, ich muss das jetzt erstmal alleine durchstehen. Unsere Beziehung ist noch so frisch, die kann so eine Belastung doch gar nicht aushalten.«

Robert antwortete: »Nein, das ist doch Blödsinn«, und nahm sie in die Arme. »Jetzt werde erst einmal wieder gesund und dann werden wir weitersehen. Was denkst du denn von mir? Ich lass dich doch jetzt nicht im Stich.« Aber sehr überzeugend kam das nicht rüber.

Sie saßen eine halbe Stunde gemeinsam im Wohnzimmer auf der Couch - Robert hatte den Arm um Eliane gelegt - und sprachen über Belangloses. Plötzlich erhob sich Robert mit den Worten: »Melde dich, wenn du etwas brauchst, ich komme dann sofort. Ansonsten lass ich dich einfach mal eine Weile in Ruhe, damit du Kräfte sammeln kannst.«

»Ja, alles klar«, murmelte Eliane und schloss die Haustür hinter ihm.

Vivienne

Das Telefon klingelte und Eliane rappelte sich etwas mühsam vom Sofa auf. Sie hatte sich in eine Decke eingekuschelt und verhedderte sich etwas, schaffte es aber noch rechtzeitig, das Gespräch entgegenzunehmen. Allerdings musste sie feststellen, dass es sich nicht gelohnt hatte, sie hätte lieber liegen bleiben sollen. Vivienne war am Telefon. Die hat sich jetzt die ganze Zeit nicht gemeldet, dachte Eliane. Deshalb fragte sie auch etwas unterkühlt: »Was gibt´s?«

»Ich möchte dir nur etwas Wichtiges sagen. Genauer gesagt, ich will dir die Augen öffnen, über deinen Freund Robert. Eine Freundin von mir hat mir nämlich erzählt, dass er ein richtiger Casanova sein soll. Er hat jede Woche eine andere und meint es mit keiner von ihnen ernst.«

»Und deshalb rufst du mich an?«, fragte Eliane ungläubig.

»Ja natürlich, weshalb denn sonst?«

»Es hätte ja sein können, dass du erfahren hast, dass ich krank bin.«

»Nein, habe ich nicht. Was hast du denn? Was fehlt dir? Eine Grippe?«

»Nein, Brustkrebs.«

Schweigen am anderen Ende der Leitung, dann nach kurzer Zeit hörte Eliane, wie Vivienne sagte: »Ach du liebe Zeit, nein das habe ich tatsächlich nicht gewusst. Wie geht es dir denn jetzt?«, stotterte sie.«

»Ich habe schon eine Chemotherapie bekommen und werde ungefähr noch ein halbes Jahr damit beschäftigt sein. Dann wird wahrscheinlich noch eine Bestrahlungsserie folgen, aber ich denke nicht, dass dich das wirklich interessiert.«

»Wie kommst du denn darauf«, entgegnete Vivienne lahm. »Ich hatte in letzter Zeit wirklich sehr viel zu tun, aber wenn ich es mal einrichten kann, komme ich bei dir vorbei und besuche dich.«

»Alles klar«, meinte Eliane. »Du weißt ja wo ich wohne, allerdings bis du kommst, kann es sein, dass ich hier schon ausgezogen bin. Du weißt ja, dass Harald und ich uns getrennt haben und ich kann nicht ewig in dem Haus bleiben.«

Vivienne erwiderte: »Gut, du kannst mir ja dann Bescheid geben und mir deine neue Adresse mitteilen.«

Darauf kannst du lange warten, dachte sich Eliane, nachdem sie aufgelegt hatte.

Café

Klara und Rebecca waren im Café sehr beschäftigt. Es war so voll wie noch nie. An jedem Tisch saßen zwei bis drei Leute und das schon fast den ganzen Nachmittag. Morgens war es noch etwas ruhiger gewesen. Täglich kamen neue Kunden dazu, die Gäste liebten die Atmosphäre und die freundliche und fröhliche Art von Klara und Rebecca. Außerdem liebten sie den selbstgemachten Kuchen. Als die beiden eine kurze Verschnaufpause hinter der Theke einlegten, flüsterte Klara Rebecca zu: »Eliane wird sich sehr freuen, wenn sie sieht, was hier los ist. Wir müssen sie unbedingt dazu bewegen, wieder einmal hierher zu kommen. Rebecca antwortete skeptisch: »Das wird sie nicht tun, vor allem jetzt nicht, nachdem sie keine Haare mehr hat. Eliane hat sie doch tatsächlich beim Friseur abrasieren lassen, bevor sie von alleine ausgefallen wären.«
»Das kann ich aber verstehen. Ich hätte das auch so gemacht«, erwiderte Klara.
»Das ist für die Psyche bestimmt bedeutend besser, als wenn einem täglich die Haare ausfallen.«
»Du hast ja recht! Vielleicht können wir Timo dazu bewegen, wenigstens einmal zu ihr zu gehen. Vielleicht schafft er es, sie zu überreden, mit ihm ins Café zu kommen. Eliane könnte sich doch gleich hinten reinsetzen, in den kleinen Aufenthaltsraum. Dann würde sie wenigstens mal

sehen, wie toll das hier alles läuft. Das würde sie sicher glücklich machen. Wir können sie dort mit Kaffee und Kuchen versorgen. Im Moment geht es ihr ja recht gut, zumindest so lange, bis die nächste Chemo kommt.«

»Wir versuchen einfach mit Timo zu reden«, meinte Rebecca skeptisch. »Wir schnappen ihn uns heute Abend, okay?«

»Ja, das machen wir.«

Und schon war es mit der Ruhe vorbei, da zwei Frauen bezahlen wollten und weitere Gäste ins Café gekommen waren. Schnell mussten die Tische abgewischt und die Deko wieder richtig hingerückt werden.

Robert

Robert ging in seiner Wohnung auf und ab. Er war nervös. Außerdem hatte er ein total schlechtes Gewissen. Seit er das eine Mal, nach ihrer Chemotherapie, bei Eliane gewesen war, hatte, weder sie noch er sich gemeldet. Was sollte er nur tun? Robert kam mit dieser Situation ganz und gar nicht zurecht. Auf der einen Seite wollte er Eliane nicht so einfach abservieren, auf der anderen Seite würde er am liebsten Schluss machen. Er mochte sie, im Bett war es super mit ihr, aber er liebte sie nicht. Das war ihm inzwischen klar geworden.

Aber da sie sich überhaupt nicht mehr meldet, hat sie wahrscheinlich gar kein Interesse die Beziehung mit mir weiterzuführen, entschuldigte Robert sein Verhalten. Ich werde einfach mal nächste Woche bei ihr vorbeischauen und dann werde ich sehen, wie sie reagiert, entschied er sich.

Erleichtert über seinen Entschluss, setzte er sich auf die Couch, um Zeitung zu lesen und sich etwas abzulenken.

7 Wochen später

Harald stand im Hausgang vor Roberts Tür. Er hatte geklingelt und wartete nun. Es dauerte eine Weile, aber er war sich sicher, dass jemand da war, denn er hatte Geräusche gehört, die von einem Kaffeeautomaten kommen könnten.

Nach einer Weile wurde die Tür geöffnet und Robert sah ihm etwas verschlafen entgegen. Das war Harald aber egal, außerdem war es schon 10 Uhr, da konnte man schon bei anderen Leuten klingeln, dachte er grimmig.

»Was kann ich für Sie tun?«, fragte Robert, erkannte dann aber Harald und sagte: »Wir kennen uns doch, ach ja, du bist Elianes Ex-Mann, stimmt's? Ich habe dich auf der Einweihungsfeier kurz gesehen.«

»Ehemann, nicht Ex-Mann«, verbesserte Harald ihn.

»Ja, natürlich, aber das macht ja keinen Unterschied mehr. Ihr seid ja so gut wie geschieden.«

Nun machte Harald einen großen Schritt in die Wohnung, ging auf Robert zu und erwiderte:

»Mal ganz langsam und zum Mitschreiben: Ich habe nicht vor, mich von Eliane scheiden zu lassen, im Gegenteil, ich möchte sie zurückbekommen, das sage ich dir in aller Deutlichkeit. Lass deine Finger von ihr! Du meinst es doch sowieso nicht ernst, ich habe mich über dich erkundigt, dein Ruf sagt einiges über dich aus, was Frauen angeht.«

»Du spinnst wohl.« Jetzt wurde auch Robert wütend und ging auf Harald zu.

Sie standen sich jetzt ganz dicht gegenüber und starrten sich an.

Harald unterbrach das Schweigen: »Ich sage es noch einmal, lass Eliane in Ruhe, sie ist meine Frau!«

»Einen Scheiß werde ich«, entgegnete Robert nun. Er wollte seinen Rivalen zur Tür hinausschieben, aber Harald wehrte sich und stieß Robert von sich fort. Dieser taumelte nach hinten, stolperte rückwärts und stürzte auf den Boden. Als er sich wieder aufgerappelt hatte, war Harald schon verschwunden.

Timo

Timo war auf dem Weg zu Eliane, er hatte sich nun endlich durchgerungen, nach ihr zu schauen. Er hatte Sehnsucht nach ihr und wollte einfach wissen, wie es ihr ging. Klara und Rebecca versuchten schon seit Wochen, ihn dazu zu überreden. Bis jetzt hatte er sich aber nicht dazu entschließen können, aber nun hielt ihn nichts mehr zurück. Er folgte dem steilen Berg nach oben und kam etwas außer Atem am Ende der Schwarzwaldstraße an, musste kurz anhalten um zu verschnaufen, bog dann in die Friedenstraße ein und dachte, dass er unbedingt ein bisschen Sport treiben müsse. Es konnte ja nicht sein, dass er wie eine Dampflokomotive daherkam, wenn er nur einen kurzen Berg hochlief.

An Elianes Haus angekommen, klingelte er und nach einer Weile - sein Herz macht einen Sprung -, öffnete Eliane die Tür und sah ihn an, mit einer dünnen Mütze auf dem Kopf.

Sie strahlte, Timo machte einen Schritt ins Haus, nahm sie in die Arme und drückte sie ganz fest an sich.

»Ich bin so froh, dass du da bist«, sagte Eliane. »Ich wollte dich anrufen, aber ich habe mich nicht getraut.«

»Nun bin ich ja da. Ich habe einen Grund gehabt, dass ich nicht früher gekommen bin.«

»Ja, ich weiß. Klara und Rebecca haben so etwas angedeutet, aber ich konnte es nicht glauben.« Sie zog Timo ins Wohnzimmer. Sie setzen sich nebeneinander auf die Couch. Timo hatte den Arm um Eliane gelegt und diese legte ihren Kopf auf seine Schulter. Timo sagte nach einer Weile: »Ja, es ist tatsächlich so, ich habe mich in dich verliebt. Ich konnte es nicht ertragen, bei dir zu sein und zu wissen, dass du etwas mit diesem Robert angefangen hast.«

»Du hast mir gefehlt«, flüsterte Eliane. »Als Freund«, fügte sie noch hinzu. »Es tut mir leid, wenn du das anders siehst. Das mit Robert, da weiß ich nicht, wie es weitergeht. Im Moment, weiß ich eigentlich überhaupt nichts.«

»Darüber brauchst dir jetzt auch keine Gedanken machen«, meinte nun Timo. »Ich möchte nach Australien, aber das hat noch etwas Zeit. Zunächst werde ich jetzt bei dir sein und dir helfen, das alles durchzustehen, als Freund, meine ich.«

»Okay«, erwiderte Eliane und konnte die Tränen kaum zurückhalten.

Timo räusperte sich und sagte: »Nun möchte ich dich entführen. Wir beide gehen jetzt in dein Café, damit du mal raus kommst. Du wirst sehen, wie toll da alles läuft.«

Entsetzt rief Eliane: »Nein, das kann ich nicht!«

»Oh, doch, das kannst du! Steh auf, zieh dich an, wir gehen los«, sagte er in gespielt strengem Ton.

Eliane gab sich geschlagen, stieg die Treppe hinauf, ging in ihr Schlafzimmer, zog sich bequeme, aber schicke Kleidung an und setzte ihre Perücke auf, die sie sich schon vor der Therapie hatte anfertigen lassen und die fast genauso aussah, wie zuvor ihre eigene Frisur. Zwanzig Minuten später verließen sie das Haus.

...

Eliane saß in ihrem Café in dem kleinen Nebenraum. Tränen liefen ihr übers Gesicht, aber dieses Mal vor Glück. Sie hatte das Café betreten und war fassungslos. Jeder Tisch war besetzt.
Ein munteres Geplauder schlug ihr entgegen. Die meisten Gäste kannte Eliane nicht, nur zwei davon, aber auch diese nickten ihr nur kurz freundlich zu und niemand bestürmte sie mit unangenehmen Fragen. Ungehindert konnte sie nach hinten in den Nebenraum gehen. Nun saß sie dort auf ihrem Sofa und war einfach nur glücklich.
Timo hatte sich gleich zu seinen Mitbewohnerinnen hinter die Theke begeben, so dass Eliane mal kurz für sich alleine war.
Eigentlich konnte sie wirklich zufrieden sein, es ging ihr nicht schlecht, sie wusste nun, dass es ihr eine Woche nach der Chemotherapie immer wieder besser ging und dass sie sich wieder erholen würde. Inzwischen gelang es ihr auch, wieder kleine Spaziergänge zu machen, von der Frieden-

straße bog Eliane rechts ab in die Gravelottestra-
ße und ging dort entlang bis zum Ende, wo genau
12 Stufen - Eliane hatte sie einmal gezählt - hinab
auf die Schwarzwaldstraße führten. Dann war es
nur noch ein kurzes Stück bergab und sie konnte
wieder rechts in die Straße abbiegen, in der sie
wohnte.

In Zukunft könnte sie auch den Berg hinunterge-
hen, es war ja nicht weit bis zu ihrem Café und
sich einfach hier ein bisschen ausruhen, bevor sie
dann wieder nach Hause gehen würde. Timo riss
sie aus ihren Gedanken, als er den Raum betrat.
»Na, was sagst du?«
»Ich bin fassungslos. Ist hier jeden Tag so viel
los? Und das habt Ihr mir gar nicht erzählt? Ich
kann es kaum glauben.«
»Ja«, sagte Klara, die Timo gefolgt war. »Wir
wollten dich überraschen, du kannst ganz entspannt deine Therapie fertig machen. Es wird
jeden Tag voller im Café. Wir müssen manchmal
schon Gäste wegschicken. Die machen dann
meistens einen Spaziergang oder gehen etwas
Bummeln in die Innenstadt und schauen danach
wieder rein. Wenn in der Zwischenzeit ein Tisch
frei wird, reservieren wir ihn gerne. Überhaupt
rufen immer mehr Leute an, um sich einen Tisch
reservieren zu lassen.«

Eliane lief auf ihre Freundin zu, umarmte sie und sagte: »Ich bin euch so dankbar, ihr seid die besten Freunde der Welt.«

»Genug!«, meinte nun Timo. »Sonst kommen mir noch die Tränen.«

Aber man merkte, dass auch er gerührt war. »Möchtest du noch eine Weile bleiben Eli? Ich habe nämlich gleich einen Termin oder soll ich dich wieder nach Hause bringen?«

»Nein, es ist schon okay. Das schaffe ich alleine. Vielen Dank! Ich hoffe, du kommst bald mal wieder bei mir vorbei.«

»Na klar«, antwortete Timo lächelnd. »So schnell wirst du mich nicht mehr los.«

»Möchte ich ja auch gar nicht«, flüsterte Eliane ganz leise vor sich hin.

Als Eliane beim Rückweg fast an ihrem Haus angekommen war, sah sie, dass Robert gerade aus seinem weißen Porsche ausgestiegen war, aber er sah ganz und gar nicht entspannt aus, im Gegenteil, eher ziemlich ärgerlich. »Was hat das jetzt zu bedeuten?«, dachte Eliane. Gerade war die Welt noch in Ordnung gewesen und was passierte jetzt? Sie war noch nicht einmal ganz bei ihm angekommen, da rief er ihr schon zornig entgegen: »Und jetzt ist Schluss! Ich habe die Nase voll, so mache ich nicht mehr weiter.«

Eliane fragte entsetzt: »Was ist los? Ich habe keine Ahnung, was du von mir willst.«

»Dein Mann, also dein Exmann liegt im Krankenhaus und er beschuldigt mich, ihn zusammengeschlagen zu haben. Das ist ja wohl der Witz, ich habe keine Lust auf so einen Mist. Das ist mir zu stressig. Deshalb würde ich sagen, wir beenden unsere Beziehung und dein Mann kann dich wieder haben.« Wütend trat Robert den Rückweg, Richtung Auto an.

»Du spinnst wohl«, meinte Eliane nun, nicht weniger zornig, fragte dann aber doch etwas besorgt: »Was ist mit Harald? Ist er wirklich im Krankenhaus?«

Robert, der sich inzwischen wieder etwas beruhigt hatte, sagte: »Ja, er wurde anscheinend zusammengeschlagen. Die Polizei kam heute zu mir, um mich zu befragen, weil er mich beschuldigt, das getan zu haben.«

»Wo liegt er denn?«, fragt Eliane verwirrt.

»Im Städtischen Klinikum. Also, ohne mich!«, sagte Robert noch, hob seine Hand zum Abschiedsgruß, setzte sich in sein protziges Auto, fuhr davon und ließ Eliane wie einen begossenen Pudel stehen. Regungslos stand sie vor dem Haus und brauchte einige Minuten, bis sie sich wieder gefasst hatte, dann rannte sie hinein, griff nach ihrem Autoschlüssel, der auf der Kommode im Flur lag, eilte zum Auto und fuhr auf direktem Weg in die Klinik.

Es war das erste Mal, dass sie es wagte, mit dem Auto zu fahren, während ihrer Therapie. Aber auf einmal spürte sie eine ungewohnte Kraft in sich. Sie musste herausfinden, was da los war.

Klärendes Gespräch

Eliane saß im Krankenhaus an Haralds Bett und konnte nur noch den Kopf schütteln. »Was hast du dir nur dabei gedacht?«, fragte sie Harald schockiert. Harald hatte ihr gerade gestanden, dass seine Angabe bei der Polizei, Robert habe ihn zusammengeschlagen, gelogen war.

»Warum hast du das getan?«

»Weil ich dich liebe und zurückbekommen möchte«, sagte Harald leise.

»Und du denkst, so komme ich zu dir zurück? Das kann ich nicht nachvollziehen.«

»Na ja, ich dachte, wenn du mir glaubst, dann möchtest du mit ihm nichts mehr zu tun haben. Ich weiß, das war eine blöde Idee, ich kann es jetzt auch nicht mehr verstehen, wie ich so dumm sein konnte. Ich wurde tatsächlich zusammengeschlagen, aber von irgendwelchen Männern, die mich ausgeraubt haben. Zuvor war ich tatsächlich bei Robert gewesen um ihn zur Rede zu stellen, ob er es ernst mit dir meint. Außerdem habe ich ihm gesagt, dass, wenn er dich nicht liebt, die Finger von dir lassen soll. Er ist ziemlich blöd geworden, wir haben uns kurz gestritten, ich habe ihm einen Schlag versetzen wollen, er hat meine Faust abgefangen, kam kurz ins Schwanken, konnte sich aber wieder fangen. Es ist also nichts passiert. Das war's dann auch. Ich habe das Haus verlassen, um wieder zu meinem Auto zu gehen.

Es war schon dunkel und auf dem Heimweg haben mich dann zwei Männer überfallen.

So ist es gewesen, es tut mir leid und ich kann verstehen, wenn du jetzt mit mir nichts mehr zu tun haben möchtest.«

Eliane seufzte tief und meinte: »Nun ja, ein Gutes hat das Ganze, Robert hat sein wahres Gesicht gezeigt. Jetzt weiß ich, dass er mich nicht liebt.«

»Du verzeihst mir also?«, fragte Harald hoffnungsvoll.

»Ja, vergessen wir das alles, aber deshalb komme ich trotzdem nicht zu dir zurück.«

»Ich bitte dich auch nur, es dir noch mal zu überlegen. Sag jetzt nichts«, meinte er, als Eliane ansetzen wollte etwas zu erwidern.

Deshalb nickte sie nur und sagte: »Okay, das werde ich tun. Ich muss jetzt erst einmal meine Therapie beenden und dann werde ich mein Leben in Ordnung bringen.

Sommer

WG

Timo ging, nein, er rannte fast den Berg der Schwarzwaldstraße hinunter. Jetzt resignierte er endgültig. Er wusste, dass Eliane ihn nicht liebte, aber was sie ihm gerade eben gesagt hatte, das war zuviel, das konnte doch einfach nicht wahr sein, das konnte sie doch nicht tun. Inzwischen war er an dem Mehrfamilienhaus, in dem sich seine WG befand, angekommen, eilte nach oben in den zweiten Stock und öffnete die Wohnungstür. Überrascht blieb er stehen, denn zwei fragende Gesichter schauten ihn an.

Rebecca sagte: »Was ist denn mit dir schon wieder los? Wie siehst du denn aus? Was ist passiert?«

Timo antwortete: »Eliane hat mir gerade verkündet, dass sie es noch einmal mit ihrem Mann versuchen möchte und dass er demnächst wieder bei ihr einziehen wird.«

»Nein, das glaube ich jetzt nicht«, äußerte sich Klara entsetzt.

»Das kann ich mir auch nicht vorstellen«, meinte nun auch Rebecca.

»Ja, glaubt ihr denn, dass ich lüge«, entgegnete Timo wütend, ging in sein Zimmer und knallte die Tür hinter sich zu.

Rebecca und Klara hatten sich ins Wohnzimmer gesetzt und schauten sich immer noch fassungslos an. Rebecca fand als erste ihre Worte wieder: »Ist die jetzt verrückt geworden. Sie hat doch erst vor kurzem gesagt, dass sie keinerlei Gefühle mehr für Harald empfinden würde.«

»Ob das überhaupt stimmt?«, gab Klara zu bedenken. Vielleicht war alles nur ein Missverständnis.«

»Es hilft alles nichts, wir müssen mit Eliane reden. Komm, lass uns zu ihr gehen.«

Die beiden verließen eiligst das Haus, um sich selbst ein Bild von der Situation zu machen.

. . .

Vivienne und Tamara, jede von ihnen hatte eine große Tüte, vollgepackt mit neuen Kleidern - die sie im Laufe des Tages gekauft hatten -, schlenderten durch die Pforzheimer Fußgängerzone.

»Was meinst du?«, fragte Tamara gerade. »Wir könnten doch am Wochenende mal mit unseren Männern irgendwohin fahren und zusammen ein Wellness-Wochenende verbringen«, als Vivienne sie plötzlich am Arm packte und zurück hinter die Hausecke der Eisdiele zog, wo sie gerade hergekommen waren.

»Was ist denn los?«, fragte Tamara empört. »Spinnst du jetzt? Du hast mir weh getan.«

Aber Vivienne ging überhaupt nicht darauf ein und entgegnete: »Schau, da vorne ist Eliane mit ihren neuen Freundinnen, ich wollte nicht, dass sie uns sieht.«

»Aber warum denn nicht? Hast du ein schlechtes Gewissen, weil wir uns solange nicht bei ihr gemeldet haben? Also ich habe das schon, schließlich ist sie, wie ich gehört habe, schwer krank und wir waren nicht ein einziges Mal bei ihr.«

»Ach was«, meinte nun Vivienne. »Sie wollte doch nichts mehr mit uns zu tun haben. Weißt du nicht mehr, wie sie uns das letzte Mal in ihrem Café behandelt hat? Sie hat uns überhaupt nicht beachtet, es liegt ihr einfach nichts an unserer Freundschaft.«

»Aber das ist doch Blödsinn«, meinte nun Tamara. »Ich hätte sie gerne besucht, aber du wolltest es ja nicht.«

»Und warum hast du es dann nicht getan? Du bist doch selber groß«, antwortete Vivienne nun schnippisch und ging davon, ins nächste Café hinein und ließ eine nachdenkliche Tamara zurück. Ja, warum eigentlich nicht, überlegte sich diese. Es ist, glaube ich ein Fehler, wenn ich immer auf Vivienne höre. Ich denke, ich sollte Eliane mal anrufen, nahm sie sich fest vor.

...

Eliane, Rebecca und Klara saßen in der Pforzheimer Fußgängerzone, draußen vor dem Eiscafé. Nachdem Klara und Rebecca bei Eliane zuhause angekommen waren und sie zur Rede gestellt hatten, schlug diese vor, in die Stadt zu gehen. »Ich wollte gerade den Kopf frei bekommen und ein bisschen durch die Stadt bummeln. Habt ihr Lust mitzugehen? Dann können wir dort bei einem Kaffee über alles sprechen.«

Klara und Rebecca waren einverstanden. Das „Café Früher" hatte heute Ruhetag und beide hatten nichts Wichtiges zu tun. Sie fuhren mit Elianes Auto in die Stadt und nachdem sie entspannt ein paar Kleinigkeiten eingekauft hatten - Klara benötigte eine neue Hose, Rebecca stöberte so lange im Buchladen herum - verbrachten sie einen angenehmen Nachmittag zusammen.

Für Eliane war es ganz anders als mit ihren früheren Freundinnen, wo es nur darum gegangen war, das Beste und Schönste zu kaufen und damit anzugeben.

Bis die drei im Eiscafé angekommen waren, hatten sie das Thema Harald ausgelassen. Nun saßen sie ganz entspannt da und nachdem die Eisbecher bestellt waren, fing Eliane an zu sprechen: »Ich weiß, dass ihr mit meiner Entscheidung nicht einverstanden seid, aber glaubt mir, es ist das Beste. Das mit Robert, das ist vorbei, da mache ich mir keine Illusionen. Da ist auch nichts mehr, ich fühle nichts, das war wahrscheinlich nur eine sexuelle Anziehung. Ansonsten haben wir nicht viele Gemeinsamkeiten, ich habe das abgehakt. Und Timo ist ein echter Freund für mich, es tut mir furchtbar leid, wenn er mehr erwartet hat. Es macht mich sehr traurig, wenn ich daran denke, dass ich ihn als Freund verlieren könnte. Ich weiß auch nicht, ob ich Harald noch liebe, aber immerhin sind wir verheiratet. Wir haben viele schöne Jahre gemeinsam verbracht und es würde doch einiges erleichtern, wir bräuchten auch das Haus nicht verkaufen. Außerdem hat er nichts dagegen, wenn ich mein Café behalte. Es wäre also alles so, wie ich es mir immer vorgestellt habe.«

Rebecca und Klara hörten zu, aber man sah ihnen deutlich an, was sie davon hielten. Selbst Eliane kamen ihre Argumente etwas schwach vor. Plötzlich meinte Rebecca: »Eliane, du redest, als ob du dich ständig selbst verteidigen müsstest. Vor uns musst du keine Rechenschaft ablegen, wir wollen nur, dass du glücklich bist und es sieht für mich einfach nicht so aus, als ob du deinen Mann lieben würdest, du hast es ja selbst gesagt....«

Eliane unterbrach ihre Freundin: »Nein, ich habe gesagt, ich weiß es einfach nicht, das kommt aber wahrscheinlich daher, weil ich im Moment überhaupt nichts weiß. Mir geht es wieder besser, aber ich habe meine Bestrahlung noch nicht mal vollständig beendet, ich weiß nicht wie mein Leben weiter verläuft und ich möchte in diesem Chaos nicht eine neue Beziehung aufbauen müssen. Ich bin froh, dass ich euch habe und ansonsten, warum soll ich mein altes Leben nicht wieder aufnehmen, bloß weil mein Mann eine Affäre hatte, das haben ganz viele Männer und auch Frauen irgendwann mal im Leben, also daher finde ich, er hat noch mal eine Chance verdient.«

»Okay«, unterbrach Klara jetzt ihre Freundin. »Wir hatten so einen schönen Nachmittag und Eliane muss wissen, was sie tut. Lasst uns von etwas anderem sprechen und den Tag einfach so schön ausklingen lassen, wie er bis jetzt war.«

Rebecca und Eliane nickten zustimmend und so fingen sie an, die Leute zu beobachten und ein bisschen rumzualbern. Schließlich fuhren sie nach Hause, um noch gemeinsam einen schönen Abend zu verbringen. Morgen würde ihr Café wieder geöffnet haben und Eliane hatte heute Abend noch alle Hände voll zu tun, denn inzwischen war sie soweit wieder hergestellt, dass sie das Kuchenbacken wieder übernommen hatte.

4 Wochen später

Eliane lag in ihrem Bett. Sie war gerade aufgewacht und stellte fest, dass es ihr gut ging. Die Bestrahlungen waren vorüber. In den letzten zwei Wochen war sie sehr müde gewesen, aber nun fühlte sie sich richtig gut. Nur der Gedanke, dass nun der Zeitpunkt gekommen sei, dass ihr Mann wieder einziehen würde, beschäftigte Eliane.

Sie hatten sich geeinigt, dass sie zuerst die Therapie beenden würde und ihr Mann danach wieder einziehen könnte. Nachdem Harald so kläglich im Krankenhaus gelegen hatte und sich nichts sehnlicher wünschte, als wieder mit ihr zusammen zu sein - das mit Sabine war endgültig vorbei - hatte Eliane ihrem Herzen einen Stoß gegeben und zu ihm gesagt, dass sie bereit wäre, es noch einmal mit ihm zu versuchen, aber erst nach der Bestrahlungsserie. Aber warum, um alles in der Welt, fühlte sich das jetzt auf einmal so falsch an? Plötzlich hatte Eliane eine Idee, sie wusste jetzt, was sie zunächst einmal zu tun hatte. Mit einem Satz sprang sie aus dem Bett, duschte, zog sich im Eiltempo an und verließ ohne Frühstück das Haus. Sie würde in die Stadt fahren und im nächsten Reisebüro eine Reise buchen, egal wohin, wenigstens für eine Woche. Sie musste den Kopf freibekommen. Klara und Rebecca hatten ihr angeboten, das Café weiterzuführen, bis sie sich richtig erholt hätte. Das war noch für zwei

Wochen möglich, dann würde Klara anfangen in einer Werbeagentur zu arbeiten und Rebecca müsste sich endlich mal ausgiebig um ihr Studium kümmern. Inzwischen lief das Café so gut, dass sie sich zumindest eine Teilzeitkraft leisten konnte. Außerdem konnte Eliane ihre Freundinnen für ihre Arbeit in den letzten Monaten bezahlen, zumindest auf Raten. Das fühlte sich gut an.

Und mein Gefühlchaos wird sich auch noch legen. Aber diese eine Woche Urlaub, die brauche ich dringend, überlegte sich Eliane.

Das musste auch Harald verstehen. Dann würde er eben eine Woche später einziehen.

WG

Timo lag in seinem Zimmer auf dem Bett und dachte nach, als es an seine Zimmertür klopfte. Eigentlich war es in der WG oberstes Gebot, sich gegenseitig im eigenen Reich in Ruhe zu lassen, also dachte er, dass etwas passiert sein musste und rief: »Herein.«

Klara und Rebecca ließen sich das nicht zweimal sagen, rissen die Tür auf und traten ein. Timo fragt erschrocken: »Was ist los? Ist was passiert?«

»Nein«, antwortete Rebecca beruhigend. »Wir müssen nur mit dir sprechen.«

»Und da kommt ihr einfach hier reingeplatzt?«, fragte Timo verständnislos.

»Ja, das ist eine Ausnahme, weil du uns ständig aus dem Weg gehst und wir sonst nie mit dir reden können. Wir wollten dich fragen, was du so für Pläne hast?«

»Warum?«

»Du weißt warum. Wegen Eli, sie wartet doch auf dich. Ich kann nicht verstehen, dass du dich nicht mehr bei ihr sehen lässt. Ihr hattet doch eine gute Zeit miteinander.«

»Ja, als Freunde. Ihr wisst ganz genau, dass das bei mir auf Dauer nicht geht. Ich liebe Eliane, das weiß ich jetzt.«

»Meine Güte«, meinte nun Klara. »Lass sie doch erstmal zur Ruhe kommen, sie hat gerade erst ihre Therapie hinter sich gebracht.«

»Ja, aber dass sie mit ihrem Mann wieder zusammenziehen möchte, das spielt keine Rolle, oder was?«

Klara und Rebecca schauten betreten drein. »Doch, natürlich«, mussten sie zugeben. »Das verstehen wir auch nicht, aber vielleicht wird sie ja noch vernünftig.«

»Ja, vielleicht in fünf Jahren, aber so lange warte ich nicht mehr. Gestern habe ich meinen Flug nach Australien gebucht. In einer Woche geht es los.«

»Oh«, sagte nun Rebecca nur noch.

»Da kann man dann wohl nichts mehr machen«, meinte Klara enttäuscht. »Wie lange wirst du denn weg sein?«

»Das weiß ich noch nicht, vielleicht ein halbes Jahr, vielleicht ein ganzes Jahr. Ich habe im Moment hier keine Verpflichtungen. Das wird sich zeigen. Ich wollte das sowieso heute mit euch besprechen. Da hätte jemand Interesse an meinem Zimmer, zumindest für die Zeit, in der ich weg bin.«

»Okay, da bleibt uns wohl nichts anderes übrig, als das zu akzeptieren.«

Rebecca nickte zustimmend. »Dann soll derjenige einfach morgen Abend hier vorbeikommen, dann werden wir sehen, ob das passt.«

»Gut«, sagte Timo. »Jetzt lasst mich ein bisschen in Ruhe. Ich bin müde.«
Traurig verließen die beiden das Zimmer.

...

Eliane saß im Bus, der sie vom Flughafen ins Hotel fahren sollte. Sie war ziemlich geschafft. Nachdem sie die Reise nach Fuerteventura spontan gebucht hatte, war sie schon zwei Tage später im Stuttgarter Flughafen ins Flugzeug gestiegen, um eine Woche Urlaub an der Costa Calma auf Fuerteventura zu verbringen.

Auf einmal aber war ihr ganzer Schwung weg, es ging ihr nicht gut und sie bereute ihre Entscheidung. Warum tat sie sich eigentlich diesen Stress an. Sie hätte sich auch zu Hause erholen können und so ganz alleine, das war sowieso nicht ihr Ding. Aber nun war es nicht mehr zu ändern. Die fast fünf Stunden Flug waren sehr anstrengend für Eliane gewesen. Alles tat ihr weh, sie hatte im Flugzeug ihre Beine nicht richtig ausstrecken können und ihr Gedankenkarussell gab keine Ruhe. Sie fand einfach keine Entspannung, nun saß sie hier im Bus und war fix und fertig. Die karge Landschaft konnte sie nicht genießen, obwohl sie normalerweise solch eine wilde Natur liebte, aber im Moment hatte sie auch daran keine Freude. Nach einer guten Stunde hielt der Bus endlich vor ihrem Hotel. Dieser Anblick war ein Lichtblick, es war richtig schön hier. Eliane war zuvor noch nie auf dieser kanarischen Insel gewesen, deshalb hatte sie sich für Fuerteventura entschieden. Und in diesem Moment, als sie hier aus dem Bus stieg, bereute sie ihre Entscheidung nicht mehr. Das Hotel war in Hanglage gebaut und lag direkt an einem ruhigen Strand, der sich auf 25 km Länge erstreckte. Das war eigentlich genau das, was sie brauchte, Ruhe, Ruhe und nochmals Ruhe und Zeit zum Nachdenken.

Nachdem Eliane nach einem sehr freundlichen Empfang, eingecheckt hatte, legte sie sich zuerst einmal auf das Bett. Das Zimmer war sehr schön, groß und luxuriös eingerichtet. Cremefarbene Fliesen verliehen dem Raum eine freundliche Atmosphäre. Man konnte sich wohlfühlen. Die Klimaanlage war eingeschaltet, so dass sie nicht schwitzen musste. An schlafen war überhaupt nicht zu denken, dazu war sie viel zu überdreht und hatte außerdem Kopfschmerzen. Deshalb entschloss sie sich, nach einer kurzen Ruhepause, eine Kopfschmerztablette einzunehmen und einen kleinen Spaziergang am Strand entlang zu machen. Schließlich war es erst 15 Uhr. Als Eliane eine Viertelstunde später auf der Hotelterrasse den Blick auf den langen Sandstrand und das Meer genoss, war die Welt wieder in Ordnung. Es war wirklich wunderschön hier. Wie gut, dass sie dieses Hotel gewählt hatte. Unzählige Treppen führten zu diesem wunderschönen Strand hinunter. Unten angekommen holte sie ein paar Mal tief Luft und schlenderte dann nach rechts direkt am Wasser entlang. Endlich fand Eliane nach Langem ihren Frieden. Drei Stunden später kam sie wieder am Hotel an, total erschöpft, aber glücklich. Nach dem Abendessen - alles hatte wunderbar geschmeckt - kam sie sich allerdings etwas einsam vor und legte sich gleich ins Bett. Sie war es nicht gewöhnt, alleine Urlaub zu machen.

Eliane konnte in der fremden Umgebung lange nicht einschlafen. Das war bei ihr immer so in der ersten Nacht. Aber schließlich siegte die Erschöpfung. Sie schlief durch bis zum nächsten Morgen und fühlte sich, als sie die Augen öffnete, frisch und ausgeschlafen.

Eliane saß in dem großen Frühstücksraum des Hotels. Sie fühlte sich nach einem leckeren Frühstück putzmunter und überlegte gerade, was sie als Erstes unternehmen würde, als sie vom Nachbartisch angesprochen wurde. Da saßen zwei Frauen, ungefähr im gleichen Alter wie sie selbst. Die beiden sprachen deutsch und waren ihr schon zuvor aufgefallen, weil sie eine sympathische Ausstrahlung hatten und sich etwas laut unterhielten. Sie tauschten sich über alltägliche Probleme aus. Das ist ja fast wie bei mir, dachte sich Eliane, weil es, so wie es den Anschein hatte - laut genug war die Unterhaltung ja -, sich um Eheprobleme handelte. Nun schaute die eine - sie war eine sportliche Frau mit kurzen dunklen Haaren, schlank, nicht allzu groß - zu Eliane und sagte: »Hallo, bist du ganz alleine hier im Urlaub?«

»Ja«, antworte Eliane. »Ich brauche eine Auszeit, ich hatte in letzter Zeit etwas Stress.«

»Dann geht es dir ja wie uns«, mischte sich die etwas molligere Frau mit dunklen langen Locken ein. »Magst du dich uns vielleicht anschließen? Wir wollen uns nachher ein Auto mieten und ein bisschen die Insel anschauen.«

»Im Grunde würde ich das gern tun«, antworte Eliane. »Aber ich möchte mich heute erst einmal etwas erholen, ein bisschen am Strand rumliegen, lesen und vielleicht spazieren gehen. Ein andermal aber gerne. Wie lange seid ihr denn schon, beziehungsweise noch hier?«

Die beiden waren inzwischen aufgestanden und zu Eliane an den Tisch gekommen. Die kleine Sportliche reichte ihr die Hand und sagte: »Ich bin Mareike. Wir sind seit zwei Tagen hier und werden leider in fünf Tagen wieder gehen. Und du?«

Inzwischen hatte sich auch ihre Freundin vorgestellt. »Ich heiße Anita.«

Nachdem Eliane den beiden die Hand gereicht hatte, sagte sie: »Ich werde noch eine Woche hier sein, bestimmt finden wir noch Möglichkeiten, etwas zusammen zu unternehmen. Vielen Dank für das Angebot, freut mich sehr!«

»Okay«, meinte Mareike. »Dann werden wir jetzt losziehen und vielleicht sehen wir uns ja beim Abendessen.«

Anita nickte zustimmend und die beiden zogen davon. Eliane lächelte vor sich hin und stellte fest, dass sie gar nicht so alleine war.

Café

Rebecca und Klara waren heute beide im Café. Da es sehr voll war, hatte Klara, die eigentlich an der Reihe war, zu Hause bei Rebecca angerufen und sie um Hilfe gebeten. Diese kam dann auch sogleich und gemeinsam hatten sie alle Hände voll zu tun. Jeder Tisch war besetzt und kaum wurde einer frei, kamen die nächsten Gäste.

Gerade hatten sie eine kurze Verschnaufpause, als die Tür aufgerissen wurde und Timo herein stürmte.

»Huch, was machst du denn hier«, fragte Rebecca erstaunt, als Timo auf die beiden hinter der Theke zueilte.

»Ich bin heute Abend nicht da und wollte euch nur Bescheid geben, dass ich übermorgen schon nach Australien fliegen werde.«

»Was, schon?«, antworteten die beiden Frauen wie aus einem Munde. »Du wolltest doch erst nächste Woche gehen.«

»Ja, aber das hat sich eben anders ergeben. Ich habe günstig umbuchen können.«

»Aber warum das denn?«

Rebecca unterbrach Klara, indem sie sagte: »Der will nur weg sein, wenn Eliane nächste Woche aus Fuerteventura zurückkommt.«

»Ja und wenn schon, das ist doch vollkommen egal. Ich fliege übermorgen, das ist Fakt!«

»Also gut«, sagte nun Rebecca. »Wir können ja sowieso nichts dran ändern. Lass uns wenigstens morgen Abend noch ein bisschen zusammen sitzen. Wir werden dich vermissen.« Klara nickte zustimmend und Timo erwiderte: »Na klar, das machen wir und ich werde uns was kochen.«

Er hatte sich schon umgedreht und war im Weggehen, als er noch hörte, wie Rebecca leise vor sich hin murmelte: »Lieber nicht.«

Grinsend drehte er sich um und meinte: »Ihr werdet es schon überleben«, zwinkerte den beiden noch mal zu und ging, so schnell er hereingekommen war, wieder aus dem Café.

Harald

Harald wachte mit dröhnendem Kopf auf. Im ersten Moment wusste er nicht, wo er sich befand. Ganz langsam kam die Erinnerung zurück. Entsetzt schaute er neben sich. Da lag im Bett neben ihm eine Frau, umgeben von einer rötlichen Lockenmähne. „Susi", schoss es ihm durch den Kopf. Er hatte sie gestern in einer Bar kennengelernt. Nachdem Sabine mehrmals versucht hatte, wieder etwas mit ihm anzufangen und er sehr standhaft geblieben war - er wollte das mit Eliane schließlich nicht aufs Spiel setzen -, war er gestern Abend schwach geworden.

Harald wusste genau, würde er wieder etwas mit Sabine anfangen, dann hätte er keine Ruhe mehr. Wenn sie ihn erstmal wieder in ihren Klauen hätte, hatte er keine Chance mehr, ihr zu entkommen. Sie würde Eliane alles erzählen, spätestens, wenn sie merken würde, dass es endgültig vorbei wäre, aus Rache oder um ihn zurück zu bekommen. Das wollte er auf jeden Fall vermeiden. Aber schließlich hatte auch er seine Bedürfnisse und als er gestern einige Bier zu viel intus gehabt hatte und diese Susi auf dem Barhocker neben ihm nicht lockergelassen hatte, da war er schwach geworden. Viel mehr wusste er von dem Abend nicht mehr. Aber was soll's, dachte er sich. Das muss ja niemand erfahren. Seiner Frau durfte das auf keinen Fall zu Ohren kommen.

Jetzt hatte er es endlich geschafft und Eliane so weit gebracht, dass sie es noch einmal mit ihm versuchen würde, da durfte er kein Risiko eingehen. War er doch schon kurz davor gewesen, aufzugeben, er hätte nicht gedacht, dass seine Frau so hartnäckig sein konnte. Dann war Eliane aber doch noch zur Vernunft gekommen. Ob er sie wirklich noch liebte, darüber war sich Harald selbst nicht im Klaren, aber das war auch egal, er wollte sein altes Leben wieder zurückhaben und es wäre so am einfachsten und bequemsten. Schließlich hatten sie auch einige schöne Jahre zusammen verbracht. Er erhob sich leise - Susi schlief noch tief und fest -, zog sich rasch an und verließ die Wohnung, indem er die Tür leise hinter sich zuzog.

Nachdem Harald festgestellt hatte, dass sich die Wohnung seiner Bettbekanntschaft nicht weit von der Bar befand, in der er sich gestern aufgehalten hatte, lief er schnell in diese Richtung, weil er vermutete, dass er sein Auto dort stehen gelassen hatte.

Fuerteventura

Zusammen mit Mareike und Anita hatte Eliane es sich am Strand bequem gemacht.

Heute war schon ihr vierter Tag auf dieser schönen Insel und tatsächlich war eine Freundschaft mit den beiden Frauen entstanden. Darüber wunderte sich Eliane selbst ein bisschen, denn normalerweise war sie eher zurückhaltend. Allerdings hatte sie nicht allzu viel von sich erzählt, auch nicht, dass sie krank war. Man sah ihr die Chemotherapie nicht an, da ihre Haare soweit nachgewachsen waren, dass man es durchaus als eine gute Kurzhaarfrisur durchgehen lassen konnte. Ihre Eheprobleme hatte sie nur angedeutet und hörte viel lieber den beiden bei deren Unterhaltungen zu. Nachdem sie gestern zu dritt mit dem Leihwagen unterwegs gewesen waren, legten sie heute einen Ruhetag ein. Eliane hatte ihr Handtuch neben ihren neuen Freundinnen platziert und döste vor sich hin. Mareike erzählte zum gefühlt tausendsten Male von ihren Eheproblemen. Auf Eliane wirkten die Stimmen der beiden einschläfernd.

»Dann hat der mich doch die ganze Zeit betrogen und ich habe es nicht gemerkt.«

»Aber das hatten wir doch schon mehrfach besprochen«, meinte nun Anita resigniert. »Ich denke, du hast ihm verziehen und möchtest es noch einmal mit ihm versuchen?«

»Ja, schon, aber ich muss immer wieder daran denken und dann werde ich wütend. Ich kann gar nichts dagegen tun«, antwortete Mareike kleinlaut.

Anita wollte gerade etwas erwidern, als sich Eliane mit einem Ruck aufsetzte. Sie war plötzlich hellwach. Sie sah Mareike an und fragte: »Liebst du deinen Mann? Ich denke, das ist doch das Wichtigste, denn wenn du ihn nicht mehr liebst, dann brauchst du es doch auch nicht noch einmal mit ihm probieren. Und wenn du ihn liebst, dann musst du aufhören, dich immer wieder mit diesen Gedanken zu quälen.«

»Ich weiß nicht, ob ich ihn liebe, aber da ich auch sonst in niemanden verliebt bin, kann ich ja auch genauso gut bei Andreas bleiben.«

Eliane sah Mareike an, als ob sie diese zum ersten Mal sähe, sprang dann plötzlich auf und rief ihr im Davonlaufen zu: »Danke, vielen Dank! Du hast mir die Augen geöffnet. Ich muss sofort versuchen, einen Rückflug zu bekommen - noch heute! Wir sehen uns nachher noch.« Und weg war sie. Verständnislos sah Anita ihre Freundin Mareike an und meinte: »Ja, ist die denn jetzt vollkommen durchgeknallt?«

Rückflug

Eliane saß im Flugzeug. Sie wippte nervös mit ihrem rechten Bein, das sie etwas in den Mittelgang gestreckt hatte.

Es war ein großes Glück gewesen, dass sie noch am gleichen Tag einen Rückflug bekommen hatte. An die Kosten durfte sie überhaupt nicht denken. Aber es war ihr wichtig, endlich ihr Leben in den Griff zu bekommen. Und dazu musste sie zu allererst mit Harald sprechen. Eliane war sehr nervös und die vier Stunden Flugzeit zogen sich für sie wie Kaugummi hin, obwohl sie noch froh sein konnte, denn der Rückflug war ungefähr eine Stunde kürzer als der Hinflug. Außerdem hatte sie Glück gehabt, dass ein Platz am Gang frei gewesen war. Das war ihr viel lieber, als am Fenster oder gar in der Mitte zu sitzen, so konnte sie doch zumindest ein Bein ein bisschen ausstrecken und brauchte sich auch nicht dauernd entschuldigen, wenn sie auf die Toilette musste.

Überstürzt hatte sich Eliane noch von Mareike und Anita verabschiedet. Die beiden waren ihr in den paar Tagen richtig ans Herz gewachsen und sie hatten auch ihre Adressen ausgetauscht.

Allerdings waren ihre neuen Freundinnen von ihrem überstürzten Aufbruch etwas irritiert gewesen. Sie hatte ihnen noch im Weglaufen zugerufen, dass sie, wenn sie zu Hause alles geregelt hätte, sich telefonisch melden und alles erklären würde. Während Eliane im Halbschlaf am Strand das Gespräch der beiden verfolgt hatte, erkannte sie doch ein paar Parallelen zu ihrer eigenen Geschichte. Und auf einmal war ihr etwas klargeworden.

Nun wanderten Elianes Gedanken wieder Richtung Heimat. Sie schaute auf ihre Armbanduhr und stellte fest, dass sie in einer Stunde landen würde. Um 19 Uhr war die geplante Landezeit.

Ihrer Mutter hatte sie Bescheid gegeben und sie gebeten Harald anzurufen und ihn zu bitten, um 20.30 Uhr in ihr gemeinsames Haus zu kommen, weil sie dringend mit ihm sprechen musste. Eliane selbst hatte ihn telefonisch nicht erreichen können, bevor sie ins Flugzeug gestiegen war. Wenn Brigitte über diese Bitte erstaunt gewesen war, so hatte sie es ihrer Tochter nicht gezeigt. Sie hatte anstandslos eingewilligt, sich darum zu kümmern.

Das wiederum verwunderte Eliane sehr.

Timo

Timo fuhr mit Klaras klapprigem Polo auf der A5 Richtung Frankfurt zum Flughafen. Sein Flug würde am nächsten Morgen gleich um 6 Uhr zunächst nach Dubai gehen und nach ein paar Stunden Aufenthalt dann weiter nach Australien. Da er es hasste unter Zeitdruck zu geraten, war er schon am Abend zuvor losgefahren. Lieber würde er ein paar Stunden länger am Flughafen verweilen. Klara hatte ihm ihr Auto geliehen, weil sie mit Kuchen backen beschäftigt war. Da Rebecca ebenfalls keine Zeit hatte, hatte Klara vorgeschlagen, dass Timo ihr Auto nehmen solle und Rebecca, die inzwischen ein eigenes besaß, sie am nächsten Tag zum Flughafen fahren würde, um den Polo zu holen.

Da nicht allzu viel Verkehr auf der Autobahn herrschte und Timo keine Eile hatte, blieb er auf der rechten Spur, fuhr konstant 130 km/h und hing seinen Gedanken nach.

Gerne hätte er Eliane noch einmal in die Arme genommen, aber das würde das Ganze für ihn noch schwerer machen. Es war schon richtig so, dass er einen früheren Flug gebucht hatte, überlegte er sich, das ersparte ihm viel Schmerz.

Er war noch nicht weit von Pforzheim entfernt, als er im Rückspiegel sah, dass ein Auto hinter ihm in rasantem Tempo näher kam. Das Fahrzeug überholte und scherte vor ihm wieder rechts ein, indem es ihm den Weg abschnitt. Timo erschrak heftig, trat auf die Bremse, weil er sonst dem anderen mit voller Geschwindigkeit hinten drauf gefahren wäre, kam ins Schleudern und knallte mit ca. 90 km/h. auf die Leitplanke.

In Sekundenschnelle rasten ihm einige Gedanken durch den Kopf. Das letzte, was er dachte, war: Das war's dann jetzt wohl. Ich werde Eli niemals wiedersehen.

Eliane

Eliane saß erschöpft bei ihrer Mutter im Auto. Brigitte hatte sie vom Stuttgarter Flughafen abgeholt. Sie hatte ihre Tochter auch zu Beginn der Reise dorthin gefahren. Dazu musste sie sich immer das Auto von ihrer Freundin leihen, da sie selbst kein eigenes besaß. Diese hatte einen alten Mercedes und brauchte ihn kaum, daher war es kein Problem. Brigitte konnte es haben, wenn sie es benötigte. Eliane war ihrer Mutter sehr dankbar, dass sie sich in letzter Zeit so viel Zeit nahm und ihr half, wann immer sie konnte. Sie verstanden sich richtig gut. Auch jetzt auf der Heimfahrt herrschte absolute Harmonie.

Eliane lehnte sich erschöpft im Beifahrersitz zurück, allerdings wunderte sie sich, dass Brigitte nicht ununterbrochen auf sie einredete, wie sie es sonst zu tun pflegte. Sie hatte eigentlich erwartet, dass sie mal wieder in den höchsten Tönen von Harald schwärmen und ihr sagen würde, wie froh sie doch wäre, dass Eliane es noch einmal mit ihm versuchen würde. Aber nichts dergleichen geschah, im Gegenteil, ihre Mutter war sehr schweigsam. Das ist schon fast beunruhigend, ging es Eliane durch den Kopf. Da ihr auch nicht nach Reden zumute war, schloss sie die Augen, genoss die Stille und entspannte sich. Die Heimfahrt verlief weiterhin schweigend, bis Brigitte vor Elianes Haus parkte. Das Auto von Harald stand schon da. Es hatte alles wie geplant ge-klappt, ihre Mutter hatte ihn telefonisch erreicht und er hatte sofort eingewilligt zu kommen.

Eliane, auf einmal hellwach, riss die Autotür auf, sprang heraus und eilte zur Haustür. Ihre Mutter konnte kaum Schritt mit ihr halten.

Harald befand sich im Wohnzimmer auf der Couch. Er freute sich, seine Frau zu sehen, erhob sich und ging auf sie zu, aber als er Eliane küssen wollte, hielt sie ihm nur die Wange hin.

»Setzen wir uns doch«, meinte Eliane, indem sie aufs Sofa deutete. Sie ließ sich neben Harald auf die Couch nieder und ihre Mutter nahm im Sessel gegenüber Platz. Dann begann sie, direkt an ihren Mann gewandt: »Lange Rede, kurzer Sinn. Ich hatte ein paar Tage Zeit zum Nachdenken und mir ist klargeworden, dass ich dich nicht mehr liebe und nicht mehr mit dir zusammen sein möchte. Es tut mir leid, aber besser, ich sage das jetzt, als in einem halben Jahr. Mir war es jetzt wichtig, dir das gleich zu sagen. Ich möchte mein Leben in Ordnung bringen und das Wichtigste ist, dass wir das nun geklärt haben.«

Fassungslos sah Harald seine Frau an und meinte: »Das kannst du mit mir nicht machen, nein, so schnell wirst du mich nicht los.«

Nun mischte sich Elianes Mutter ein und sagte: »Oh doch, mein lieber Harald, das wird sie! Du hast gehört, was Eliane zu dir gesagt hat und du wirst jetzt dieses Haus verlassen – sofort!«

Fassungslos starrte Eliane ihre Mutter an. Wenn sie mit allem gerechnet hatte, aber mit so etwas nicht. Es verschlug ihr regelrecht die Sprache. Auch Harald war zunächst sprachlos, sagte dann aber: »Was soll denn das, Brigitte? Was ist denn in dich gefahren?«

»Ich habe lange überlegt, wie ich es meiner Tochter sagen soll. Ich wollte erst einmal abwarten und mit euch beiden reden. Aber jetzt muss ich das loswerden, sonst platze ich. Du, mein lieber Harald, hattest Pech, dass du vorgestern mit der Tochter meiner Freundin ins Bett gegangen bist. Da hättest du dir schon eine andere aussuchen müssen.«

Eliane entfuhr ein Schrei und legte sich die Hand auf den Mund. Harald sah seine Schwiegermutter entsetzt an, er wollte den Mund aufmachen, um etwas zu sagen, überlegte es sich dann aber anders und verließ ohne weitere Worte das Haus.

Eliane schaute ihre Mutter dankbar an und flüsterte: »Danke Mama, das hätte sonst schwierig werden können. Ich bin dir überhaupt sehr dankbar, für alles, was du in letzter Zeit für mich getan hast. Nun muss ich aber ganz schnell weg, etwas ganz Dringendes erledigen.«

»Gut«, sagte Brigitte augenzwinkernd. »Macht es Sinn, hier auf dich zu warten?«

»Ich weiß nicht«, zögerte Eliane mit der Antwort. »Ich hoffe, dass ich nicht so schnell zurückkommen werde.«

»Okay, ich bleibe hier und wenn du in einer Stunde nicht wieder da bist, gehe ich nach Hause.«

»Super! Wenn wir uns heute nicht mehr sehen sollten, rufe ich dich morgen an.«

Die beiden umarmten sich, Brigitte sah ihre Tochter liebevoll an und diese verließ schleunigst das Haus. Ihre Müdigkeit war wie weggeblasen. Von der nächsten Stunde hing ihre ganze Zukunft ab.

...

Eliane ging im Eiltempo, man konnte es schon als Rennen bezeichnen, die Schwarzwaldstraße hinunter. Ihr Herz raste und sie bemerkte, wie aufgeregt sie war, wenn sie an Timo dachte. Warum um alles in der Welt hatte sie das vorher nicht bemerkt? Wie unvorstellbar blind war sie doch gewesen. Keine 10 Minuten später kam sie an dem Mehrfamilienhaus an, in dem sich die WG ihrer Freunde befand. Sie hielt kurz inne, atmete tief durch, stürmte dann durch die geöffnete Haustür in den zweiten Stock und klingelte Sturm.

Entsetzt riss Klara die Tür auf. Sie hatte so spät niemanden erwartet. Erstaunt sah sie Eliane an und fragte verwundert: »Eli, was machst du denn hier, ich denke, du bist auf Fuerteventura?«

»Ich bin früher zurückgeflogen. Wo ist Timo?«, fragte diese atemlos.«

»Timo? Der ist auf dem Weg nach Australien.«

»Neiiiiiin«, entfuhr es Eliane mit einem lauten Schrei. Das darf nicht wahr sein!«

»Um Himmels willen, Eli. Jetzt komm doch erstmal rein. Was ist denn passiert?«

Eliane stürzte durch die Diele in die Küche, setzte sich auf einen Küchenstuhl, schlug die Hände vors Gesicht und antwortete schluchzend: »Ich bin so blöde! Ich liebe ihn, ich liebe ihn so sehr und habe es einfach nicht bemerkt. Und jetzt ist er fort, das werde ich mir nie verzeihen.«

»Jetzt beruhige dich doch erst einmal.« Klara wusste gar nicht, wie ihr geschah. So hatte sie Eliane noch nie erlebt, noch nicht einmal, als diese Angst vor ihrer Chemotherapie gehabt hatte. Rebecca war heute ausgegangen. Fieberhaft überlegte Klara, wie sie ihre Freundin beruhigen konnte. Schließlich kniete sie vor ihr nieder, umarmte sie und flüsterte beruhigend: »Aber das ist doch wunderbar und es ist vielleicht auch noch gar nicht zu spät. Der Flieger geht erst morgen früh. Timo ist nur heute Abend schon zum Flughafen gefahren.«

Schlagartig hörte Eliane auf zu weinen, hob den Kopf und sah Klara an. »Von Frankfurt?«

»Ja.«

»Wann fliegt er?«

»Um 6 Uhr, aber.....«

Eliane ließ ihre Freundin nicht aussprechen, erhob sich und verließ im Laufschritt die Wohnung. Seufzend schaute Klara ihr hinterher.

. . .

Schon wieder befand sich Eliane auf der A5 Richtung Frankfurt. Nachdem sie die Wohnung der WG verlassen hatte, war sie nach Hause gerannt, hatte ihrer Mutter mit knappen Worten den Stand der Dinge berichtet und wollte sofort zu ihrem Auto stürzen, um nach Frankfurt zu fahren. Aber Brigitte hatte ihre Tochter zurückgehalten und zu ihr gesagt, dass sie erst ein paar Mal tief durchatmen und sich kurz ausruhen solle und sie dann selbst fahren würde, so dass Eliane sich auf dem Beifahrersitz ausruhen könne. Dafür war sie ihrer Mutter erneut sehr dankbar, denn inzwischen war sie ziemlich müde. Das machte sich dadurch bemerkbar, dass ihr etwas schwindelig war. Da ihr aber die innere Ruhe fehlte, um sich ausruhen zu können, brachen die beiden schon nach ein paar Minuten auf.
Unglücklicherweise mussten sie auf der Autobahn, schon gleich wieder stoppen, da sich vor ihnen ein langer Stau gebildet hatte.
»Da muss wohl ein Unfall passiert sein. So ein Mist!«
»Das hat uns gerade noch gefehlt.«

»Jetzt beruhige dich mal. So lange wird der Stau schon nicht sein. Außerdem geht der Flug erst morgen früh um 6 Uhr«, versuchte Brigitte ihre Tochter zu beruhigen.

Eliane hatte ihr noch zu Hause kurz und knapp die Ereignisse der letzten Monate geschildert und auch über ihre Gefühle für Timo gesprochen. Nun hatte sie Gelegenheit, ihr ausführlich die ganze Geschichte zu erzählen. Nachdem die beiden im Radio gehört hatten, dass es sich hier um einen Unfall handle und der Stau nicht allzu lange wäre, beruhigte sich Eliane wieder. Nach einer Weile wurde sie doch ein bisschen schläfrig, legte sich zurück in den Autositz und schloss die Augen. Nach einer halben Stunde hatte sich der Stau wieder aufgelöst und die Fahrt konnte weitergehen. Und hätte Eliane ihre Augen nicht geschlossen gehabt, hätte sie vielleicht Klaras Polo auf dem Abschleppwagen erkannt.

»Was ist denn nun schon wieder? Wer ruft uns denn um diese Zeit noch an?«, fluchte Klara. Rebecca war gerade nach Hause gekommen. Sie wollten sich ein bisschen unterhalten, als das Telefon klingelte.

»Ich gehe schon«, erbarmte sich Rebecca, beugte sich vor, um nach dem Telefon zu angeln, das sich in der Mitte des Esstisches befand und nahm das Gespräch an. Nach kurzer Zeit bemerkte Klara, dass ihre Freundin leichenblass geworden war. »Ja, danke fürs Bescheid sagen«, sagte diese gerade leise, legte den Hörer auf, wandte sich an Klara und sagte mit tonloser Stimme: »Es ist etwas Furchtbares passiert. Timo hatte auf dem Weg zum Flughafen einen schweren Verkehrsunfall, er liegt in Karlsruhe im Städtischen Klinikum, da der Unfall sich in der Nähe von Karlsruhe ereignet hatte. Aus irgendeinem Grund ist er auf die Leitplanken geknallt. Genaueres weiß ich nicht. Das war sein Vater am Telefon. Timos Eltern sind gerade bei ihm, aber er ist nicht bei Bewusstsein. Außerdem befindet er sich im Moment noch in Lebensgefahr.« Rebecca schluchzte laut auf.

»Ach du meine Güte«, rief Klara erschrocken, sprang von ihrem Stuhl auf, lief zu ihrer Freundin, schlang die Arme um sie und weinte ebenfalls.

Nach ein paar Schrecksekunden sagten Rebecca und Klara gleichzeitig: »Wir müssen sofort dorthin.«

Sie griffen nach ihren Handtaschen und Haustürschlüsseln, verließen das Haus und eilten zu Rebeccas Auto.

Nachdem sie losgefahren waren, äußerte Klara ihre Bedenken: »Was meinst du? Ich finde, dass es keinen Sinn macht, wenn wir jetzt zu Timo fahren. Wir müssen doch Eli Bescheid geben, die ist auf dem Weg nach Frankfurt, sie wird sogar wahrscheinlich schon da sein. Warte, ich versuche sie zu erreichen, es ist schon 23 Uhr, da müsste sie schon bald dort ankommen.«

Klara holte ihr Handy aus der Tasche und drückte auf die entsprechende Taste - natürlich hatte sie Elianes Nummer gespeichert.

»Mist, Eli hat das Handy ausgeschaltet. Was machen wir denn jetzt? Ich schlage vor, dass du mich im Krankenhaus absetzt und alleine nach Frankfurt weiterfährst.«

»Aber so, wie mir Timos Eltern erzählt haben, dürfen im Moment sowieso nur die engsten Angehörigen zu ihm. Da macht es also keinen Sinn, wenn ich dich dort absetze. Du könntest auch mit zum Flughafen fahren und anschließend mit Eliane und mir zusammen zu Timo in die Klinik gehen.«

»Okay, du hast recht«, gab Klara zögernd zu. »Dann machen wir das so.«

Schweigend fuhren die beiden weiter, bis sie schließlich zwei Stunden später, ohne Stau, in Frankfurt ankamen.

Flughafen

Eliane saß auf einer der Sitzbänke in der Abflughalle und hielt sich die Hände vors Gesicht. Sie hatte zusammen mit ihrer Mutter alles abgesucht, Timo sogar ausrufen lassen. Am Informationsschalter hatten sie ebenfalls nachgefragt. Niemand hatte ihn gesehen. Er hat auch nicht eingecheckt, nichts, er war einfach spurlos verschwunden. Eliane konnte das nicht verstehen, er müsste ja schon längst angekommen sein, da er viel früher als sie losgefahren war. Zweifel kamen in ihr auf. War er vielleicht mit einem anderen Flugzeug geflogen oder von einem anderen Flughafen aus gestartet? Hatte sie ihn vielleicht doch verpasst? Brigitte stand ratlos neben ihrer Tochter und streichelte ihr über den Rücken. Schließlich meinte sie: »Jetzt sei doch nicht so verzweifelt. Vielleicht gibt es eine ganz einfache Erklärung dafür. Er ist bestimmt noch nicht geflogen.« Brigitte hatte sich mit der Vorstellung arrangiert, dass Eliane in „diesen Kellner", wie sie vor kurzem noch gesagt hatte, verliebt war. Ihr war alles recht, denn sie war glücklich, dass inzwischen eine sehr gute Beziehung zwischen ihrer Tochter und ihr entstanden war. Und Harald war inzwischen bei ihr total unten durch. Brigitte wünschte sich nur, dass ihre Tochter glücklich war. Sie sah, wie sehr sie verliebt war und somit war alles gut. Jetzt musste nur noch Timo gefunden werden.

Entschlossen sagte Brigitte deshalb: »Wir gehen jetzt hier raus, versuchen Klara und Rebecca zu erreichen und fragen mal nach, ob sie sicher sind, dass Timo von Frankfurt aus fliegen wollte und vor allem, wann genau? Vielleicht haben sie auch in der Zwischenzeit etwas von ihm gehört.«

Eliane nickte und erhob sich. Die beiden wollten gerade das Gebäude verlassen, als sie am Eingang Klara und Rebecca stehen sahen, die sich suchend umschauten. Ratlos und fassungslos sagte Eliane: »Was hat das denn jetzt zu bedeuten?« Da hatten die beiden sie auch schon gesehen und eilten auf sie zu. Klara nahm ihre Freundin in die Arme und sagte: »Jetzt reg dich bitte nicht auf, aber es ist etwas passiert. Timo hatte einen Unfall. Er liegt in Karlsruhe im Krankenhaus.«

»Ist ihm was passiert? Ist es schlimm?« fragte Eliane entsetzt. »Nun rede schon!«

Nun mischte sich Rebecca ein: »Wir wissen noch nichts Genaueres. Sein Vater hat uns informiert. Wir wollten dir nur rechtzeitig Bescheid geben und weil dein Handy mal wieder ausgeschaltet war, mussten wir eben direkt hierher fahren«, sagte sie ein wenig vorwurfsvoll. »Ich würde vorschlagen, wir fahren jetzt zusammen dorthin.«

Eliane nickte. Sie war so blass wie eine weiße Wand.

»Gut«, äußerte sich nun auch Elianes Mutter: »Ich gehe erst einmal auch mit ins Krankenhaus. Ich kann ja danach nach Hause fahren, und ihr könnt meine Tochter später mitnehmen«, meinte sie an Rebecca und Klara gewandt.

»Klar.« Die beiden nickten zustimmend und alle verließen eiligst das Flughafengebäude.

Krankenhaus

Rebecca, Klara, Eliane und ihre Mutter standen ungeduldig am Informationsschalter und warteten bis der Mitarbeiter hinter dem Schalter endlich Zeit für sie haben würde. Er telefonierte noch und vor allem Eliane kamen die Minuten wie Stunden vor. Nervös trat sie von einem Fuß auf den anderen. Brigitte schaute ihre Tochter besorgt an. Aber auch bei Rebecca und Klara zerrte diese Warterei an den Nerven. Nach einer gefühlten Ewigkeit legte der Mann endlich den Hörer auf und fragte: »Was kann ich für Sie tun?«

»Können Sie mir bitte sagen, wo sich Timo Mertens befindet? Er wurde am Abend nach einem Verkehrsunfall hier eingeliefert«, fragte Rebecca, nachdem sie Eliane zur Seite geschoben hatte. Sie war die Einzige, die im Moment noch einigermaßen klar denken konnte.

Der Mann schaute auf seinen Bildschirm und antwortete: »Herr Mertens befindet sich auf der Intensivstation.« Nachdem er den Frauen den Weg beschrieben hatte, sagte er noch, dass aber nur die engsten Angehörigen zu ihm hineingelassen würden. Aber das hörten Eliane und ihre Freundinnen schon nicht mehr. Sie waren schon Richtung Fahrstühle gestürmt. Kopfschüttelnd ging Brigitte ihnen hinterher. Auf der Intensivstation angekommen, klingelten sie und mussten schon wieder warten. Als Eliane meinte, es nicht mehr aushalten zu können, öffnete sich die Tür. Eine Krankenschwester sah sie an und fragte: »Zu wem möchten Sie?«

»Timo Mertens«, presste Eliane hervor.

»Sind Sie mit ihm verwandt?«, war die nächste Frage.

»Nein«, erwiderte sie kleinlaut.

»Dann kann ich Sie nicht hereinlassen und Ihnen auch keine Auskunft geben.«

Aber die Schwester hatte Mitleid mit Eliane, weil sie sah, dass diese am Ende ihrer Kräfte war und meinte: »Warten Sie einen Moment. Die Eltern von Herrn Mertens sind gerade bei ihm. Ich frage mal nach, ob sie mit Ihnen sprechen möchten.«

»Vielen Dank!«

Nach weiteren endlosen Minuten erschien die Schwester wieder. Hinter ihr trat ein ungefähr 60-jähriger Mann durch die Tür. Da Rebecca ihn kannte, weil sie früher eine Beziehung mit Timo gehabt hatte, machte sie alle miteinander bekannt. Herr Mertens hatte sofort die Situation richtig eingeschätzt, nachdem sein Blick Eliane gestreift hatte, drehte sich zu der Krankenschwester um und sagte in festem Tonfall: »Das ist schon in Ordnung. Das ist die Lebensgefährtin meines Sohnes.«

Überrascht sahen alle Beteiligten ihn an, aber niemand sagte etwas. Auch Eliane sah Herr Mertens erstaunt an und murmelte ein leises „Danke", während die Schwester mit den beiden wieder die Intensivstation betrat.

Eliane saß an Timos Bett, hielt seine Hand und flüsterte ihm leise zu: »Bitte, bitte, du musst das schaffen, ich weiß sonst nicht, was ich ohne dich tun soll. Ich liebe dich! Bitte verzeih mir, dass ich so lange gebraucht habe, bis mir das klargeworden ist.«
Er war nicht ansprechbar, da die Ärzte ihn in ein künstliches Koma versetzt hatten, damit sich sein Körper nach den Strapazen erholen konnte.
Nach einer Weile legte Eliane erschöpft ihren Kopf aufs Bett neben Timos Hand. Der Vater hatte, nachdem sie in den Raum gekommen waren, seine Frau an der Hand genommen und war mit ihr hinaus gegangen. Sie war etwas überrascht gewesen. Zuvor hatte er Eliane noch erzählt, dass die Ärzte Timo wegen innerer Blutungen sofort notoperiert hatten. Glücklicherweise konnten diese gestoppt werden. Allerdings mussten sie die Milz entfernen, aber alles war den Umständen entsprechend gut verlaufen. Er hatte ihr aber auch gesagt, dass sein Sohn sich immer noch in Lebensgefahr befände. Man müsse zuerst die Nacht abwarten, morgen würde man dann mehr wissen.
Da kamen auch schon wieder Timos Eltern zurück. Frau Mertens nickte Eliane freundlich zu

und sagte leise zu ihr: »Schön, dass Sie da sind, ich hätte Sie nur gerne unter anderen Umständen kennengelernt.«

Ihr Mann hatte seiner Frau draußen von seiner Vermutung berichtet, dass Timo und diese hübsche Frau wahrscheinlich ein Paar waren.

Eliane nickte und erhob sich. Sie wusste, dass sie nun gehen musste. Draußen angekommen, berichtete sie erschöpft ihren Freundinnen und ihrer Mutter, wie es um Timo stand und ließ sich schließlich überreden, mit ihnen nach Hause zu fahren, um endlich ein bisschen zu schlafen und am nächsten Morgen zusammen mit Rebecca wieder hierherzukommen.

Nächster Tag

Eliane saß an ihrem Küchentisch und trank eine Tasse Kaffee. Richtig erholt war sie nicht. An Schlaf war kaum zu denken gewesen, da sich ihr Gedankenkarussell nicht hatte abschalten lassen. Außerdem war es schon 5 Uhr morgens gewesen, als sie sich hingelegt hatte. Sie machte sich bittere Vorwürfe, dass sie ihre wahren Gefühle für Timo erst so spät erkannt hatte. Sonst hätte er wahrscheinlich überhaupt nicht nach Australien fliegen wollen und wäre jetzt wahrscheinlich auch nicht im Krankenhaus, weil er auch keinen Unfall gehabt hätte. Diese Gedanken gingen Eliane die ganze Zeit durch den Kopf. Natürlich sagte ihr der Verstand, dass das Blödsinn sei.

Schließlich war sie dann doch gegen 7 Uhr eingeschlafen. Der kurze Schlaf hatte aber nicht gereicht und sie war wie gerädert.

Jetzt war es 10 Uhr und sie wartete auf Rebecca. Sie würden dann zusammen zu Timo ins Krankenhaus fahren. Brigitte war, nachdem Eliane ihr gesagt hatte, dass sie ruhig nach Hause fahren könne, in ihre eigene Wohnung zurückgekehrt.

Eliane war wieder in ihre Gedanken voller Selbstvorwürfe versunken. Sie hatte zudem wahnsinnige Angst, dass Timo sterben könnte. Da klingelte es. Rebecca kam, um sie abzuholen.

...

Im Krankenhaus angekommen, stürmte Eliane sogleich auf die Intensivstation. Rebecca konnte kaum Schritt mit ihr halten. »Man kann kaum glauben, dass du vor kurzem erst deine Chemotherapie beendet hast«, stöhnte sie deshalb.

»Was hast du gesagt?«

»Ach, nichts.«

Inzwischen waren sie auf der Station angekommen, Eliane klingelte und Rebecca nahm auf der Sitzgruppe vor der großen Glastüre Platz, da sie nicht damit rechnete, mit hineingehen zu dürfen. Eliane trippelte ständig ungeduldig auf der Stelle. Nach zirka fünf Minuten schwang die große Tür auf und eine Schwester trat an den Eingang. »Zu wem möchten Sie?«, wandte sie sich an Eliane.

Da es eine andere Krankenschwester als gestern war, stellte sie sich vor und fragte, ob sie zu Timo Mertens dürfe. Die Schwester überlegte kurz, nickte dann aber. Wahrscheinlich hatte sie die Anweisung erhalten, Eliane hereinzulassen. Erleichtert folgte diese ihr den Gang entlang in das letzte Zimmer auf der rechten Seite, wo Timo seit gestern lag. Eliane traute ihren Augen nicht, denn als sie auf das Bett zuging, bemerkte sie, dass Timo wach war und ihr entgegen sah. Er war zwar noch sehr benommen, aber die Ärzte hatten ihn aus dem künstlichen Koma aufwachen lassen, weil er seit heute morgen stabil war und sich nicht mehr in Lebensgefahr befand. Eliane war überglücklich. Sie beugte sich über ihn und flüsterte: »Ich bin so froh, ich hatte solche Angst um dich.« Tränen liefen ihr übers Gesicht. »Ich hatte solche Angst, dass ich dir nie mehr sagen kann, dass ich dich liebe.«

Timo war noch nicht in der Lage richtig zu sprechen, aber er flüsterte etwas und Eliane war sich sicher, die Worte „Ich liebe dich auch" verstanden zu haben. Sie legte sanft ihre Wange an seine. So verharrte sie eine Weile, bis schließlich die Krankenschwester hereinkam und meinte: »Ich muss Sie jetzt bitten zu gehen, sonst wird das im Moment für Herrn Mertens zu anstrengend.«

Timo wollte protestieren, aber ihm fehlte dazu noch die Kraft.

Eliane nickte, streichelte Timo noch einmal sanft über den Kopf und verließ dann leise den Raum. Sie würde Rebecca nach Hause schicken, sich in die Cafeteria setzen und heute Nachmittag wieder nach Timo sehen. Vielleicht war er dann auch schon richtig wach.

Fünf Tage später

Eliane saß bei Timo am Krankenbett. Dort war sie auch an den letzten Tagen fast ununterbrochen gewesen. Vor zwei Tagen war er auf die normale Station verlegt worden.

Am Fußende standen Klara und Rebecca. Das Café war heute am Dienstag geschlossen.

Zum Glück hatten die beiden auch diese Woche noch Zeit, sich darum zu kümmern. Nächste Woche würde Klara in der Werbeagentur anfangen zu arbeiten, und Rebecca musste sich nun wirklich intensiv um ihre Prüfungen kümmern. Da führte kein Weg dran vorbei. Dann war Eliane wieder auf sich alleine gestellt, zumindest solange, bis sie eine Teilzeitkraft einstellen würde.

Nun unterbrach Rebecca die Stille: »Das hält ja kein Mensch aus.« Sie verdrehte die Augen. »Diese Idylle. Die beiden haben ja nur noch Augen füreinander. Wir sind hier völlig überflüssig.« Sie schaute Klara augenzwinkernd an. Diese strahlte, denn das Ganze entsprach vollkommen ihrer Vorstellung von Harmonie. Nur so fühlte sich Klara wohl. Aber auch Rebecca freute sich sehr über die Entwicklung der Dinge. War sie auch noch vor einem Jahr Eliane gegenüber ziemlich negativ eingestellt gewesen, so mochte sie diese inzwischen sehr und gönnte Timo und ihr alles Glück der Erde. Vor allem waren sie alle überglücklich, dass Timo überlebt hatte, denn das war nicht so sicher gewesen.

»Entschuldigt!« Erschrocken löste Eliane ihren Blick von Timo und schaute ihre Freundinnen an. Dann sah sie, dass Rebecca nur Spaß gemacht hatte und lächelte. Da klopfte es an der Tür und die Eltern von Timo betraten den Raum. Sie begrüßten alle und lächelten Eliane herzlich an. Sie fanden die hübsche junge Frau von Anfang an sehr sympathisch und freuten sich sehr für ihren Sohn, dass er endlich feste Absichten in Sachen Beziehung zu haben schien. Timo hatte nur Augen für seine Freundin und meinte lächelnd: »Etwas Besseres als dieser Unfall hätte mir überhaupt nicht passieren können.« Entsetzt sahen ihn alle an.

»Oh, nein«, unterbrach Eliane ihn. »Mir war doch schon klar geworden, wie unheimlich blind ich gewesen war. Ich war doch schon unterwegs zum Flughafen, um dich davon abzuhalten, nach Australien zu fliegen oder um dir zumindest zu sagen, wie sehr ich dich liebe. Also diesen Schrecken hättest du uns nicht einjagen müssen, wirklich nicht.«

Die beiden lächelten sich erneut an und vergaßen die anderen Anwesenden vollkommen.

Timos Eltern hatten sich zwei Stühle ans Bett gezogen. Der ganze Stress der letzten Tage fiel nun auch von ihnen ab. Sie konnten endlich aufatmen.

Klara räusperte sich: »Ich möchte ja nicht drängen, aber wir sollten nach Hause fahren. Schließlich muss für morgen noch Kuchen gebacken werden.«

Eliane seufzte, erhob sich aber, wenn auch zögernd, beugte sich zu Timo und erdrückte ihn fast. Leicht schmerzverzerrt lächelte er und küsste seine Freundin zum Abschied zärtlich.

Nachdem sich die drei auch von Timos Eltern verabschiedet hatten, machten sie sich auf den Heimweg. Sie hatten Glück. Die Autobahn war relativ leer, und eine halbe Stunde später waren Rebecca und Klara zuhause. Eliane hatten sie zuvor im Café abgesetzt, damit sie dort noch zwei Kuchen backen konnte. Der Nebenraum, indem sich die kleine Küche befand, war inzwischen auch fertig renoviert.

Als Eliane gegen Mitternacht nach Hause kam, war sie sehr geschafft, aber glücklich.

Nach einer kurzen Katzenwäsche ließ sie sich auf ihr Bett fallen und war sofort eingeschlafen.

Erst das Telefon am nächsten Morgen weckte sie wieder auf. Erschrocken schaute Eliane auf die Uhr, denn draußen war es schon hell. »Zehn Uhr«, murmelte sie und sprang entsetzt aus dem Bett, beruhigte sich aber sogleich wieder, da ihr einfiel, dass ihre Freundinnen sich diese Woche noch um das Café kümmern würden. Sie hatte nichts anderes zu tun, als schnellstens nach Karlsruhe zu Timo zu fahren.

Als sie glücklich lächelnd unten in der Diele angekommen war, angelte sie nach dem Telefon. Aber gerade in diesem Moment, als Eliane danach griff, hörte es auf zu klingeln. »Ist ja klar«, schimpfte sie vor sich hin, sah dann aber die Nummer auf dem Display und rief kurzerhand zurück.

»Berger«, hallte es aus dem Telefon.

Eliane runzelte die Stirn. Was wollte denn Tamara nach der langen Zeit von ihr. Sie hatte nicht damit gerechnet, von ihren beiden früheren Freundinnen jemals wieder etwas zu hören.

»Ja?«, sagte sie deshalb zögernd.

»Hi«, kam es ebenso zögernd zurück.

»Ist etwas passiert?«, fragte Eliane nach einer längeren Pause.

»Nein, ich möchte wissen, wie es dir geht und mich bei dir entschuldigen, weil ich mich so lange nicht gemeldet habe«, sprudelte es aus Tamara heraus.

Das erstaunte Eliane nun wiederum sehr. »Das freut mich, ja, das freut mich wirklich sehr«, betonte sie deshalb.

»Ja, es tut mir sehr leid! Ich habe erkannt, dass Vivienne nicht der richtige Umgang für mich ist. Ich habe mich viel zu sehr von ihr beeinflussen lassen. Ich mag dich und habe dich sehr vermisst. Außerdem habe ich ein total schlechtes Gewissen, dass ich mich während deiner schlimmen Zeit nicht um dich gekümmert habe. Bekannte hatten mir erzählt, dass du krank bist. Dummerweise hatte ich Vivienne geglaubt, dass es für dich am besten wäre, in Ruhe gelassen zu werden. Ich wollte es einfach glauben, weil ich nicht wusste, wie ich mich dir gegenüber hätte verhalten sollen. Mir hat das Angst gemacht mit dieser Krankheit. So etwas versuche ich immer zu verdrängen. Ich weiß aber auch, dass das keine Entschuldigung ist.«

Eliane unterbrach ihre Freundin, weil sie bemerkte, dass diese den Tränen nahe war: »Beruhige dich! Ich freue mich, dass du angerufen hast. Ich hab dich auch vermisst. Komm doch einfach nächste Woche mal ins Café. Ich übernehme es jetzt wieder, da es mir gut geht und Rebecca und Klara sich wieder um ihre eigenen Angelegenheiten kümmern müssen. Dann können wir uns so richtig aussprechen. Das würde mich sehr freuen.«

»Gerne mache ich das. Ich komme gleich am Montag.«

Eliane lächelte, als sie den Hörer auflegte. Sie freute sich aufrichtig und war viel zu glücklich, um lange nachtragend zu sein. Außerdem lag ihr wirklich etwas an Tamara. Sie konnte sich gut vorstellen, dass sie ebenfalls gut in ihren neuen Freundeskreis passen würde. Nur mit Vivienne wollte Eliane nichts mehr zu tun haben, so oberflächlich wie diese war. Da müsste die sich wirklich total ändern, und das würde wohl niemals passieren.

Nachdem Eliane blitzschnell geduscht, sich angezogen und einen Kaffee getrunken hatte, machte sie sich schnellstens auf den Weg zu Timo. Sie fuhr auf die A5, freute sich über das sonnige Wetter, die fast leere Autobahn und war einfach nur glücklich.

Ende

Epilog

Eliane saß zusammen mit all ihren Lieben in ihrem Café. Genau zwei Jahre waren nun seit der Eröffnung vergangen. Sie dachte an die Zeit kurz davor und an die schweren Monate während ihrer Chemotherapie. Damals war sie am Boden zerstört und sehr verzweifelt gewesen. Und hätte sie Klara und Rebecca nicht an ihrer Seite gehabt, wüsste sie nicht, ob sie das alles so überstanden hätte. Und jetzt war sie so glücklich, ihr Café lief gut und Timo war die Liebe ihres Lebens, wenn sie auch zu dieser Erkenntnis etwas länger gebraucht hatte. Eliane hatte vor ein paar Tagen beschlossen, dass das ein Grund war, den zweijährigen Geburtstag ihres Cafés zu feiern. So hatte sie natürlich mit Hilfe von Timo, der selten von ihrer Seite wich, alles organisiert.

»Hey Eliane, von was träumst du denn«, wurde sie von ihrer Freundin Tamara aus ihren Gedanken gerissen. Ja, tatsächlich war auch Tamara dabei. Diese war damals nach dem Telefonat gleich am Montag ins Café gekommen und hatte sich mit Eliane ausgesprochen.

Seitdem war Tamara fast täglich dort. Sie hatte sogar angefangen im Café auszuhelfen.

Außerdem verstand sie sich sehr gut mit Klara und Rebecca. Nachdem sie nicht länger dem Einfluss von Vivienne ausgesetzt war, hatte sie sich sehr zum Positiven verändert.

»Ist ja schon gut, man wird doch noch ein biss-chen träumen dürfen«, antwortete Eliane lächelnd und erhob sich, um hinter der Theke weitere belegte Brötchen zu holen. Natürlich waren auch Klara, Rebecca und Elianes Mutter dabei. Diese unterstützte ihre Tochter, wo sie nur konnte, sie putzte sogar ihre Wohnung, die sie zusammen mit Timo in der Nähe ihres früheren Hauses gemietet hatte, damit sich Eliane das Geld für die Putzfrau sparen konnte. Wer hätte das jemals gedacht? Auch Brigitte hat sich sehr verändert, vor allem verstand sie sich wunderbar mit ihrem zukünftigen Schwiegersohn. Ja, die Hochzeit war schon auf Dezember geplant. Bis dahin müsste auch Eliane von Harald geschieden sein.

Timo schaute seiner Freundin nach, wie diese Richtung Theke ging. Australien war für ihn vorerst unwichtig geworden. Irgendwann einmal würde er zusammen mit seiner zukünftigen Frau dorthin reisen, vielleicht sogar als Hochzeitsreise. Im Moment kümmerte er sich täglich zusammen mit Eliane um das Café. Sie verdienten inzwischen genug Geld damit, dass sie beide davon leben konnten. Viel benötigten sie im Moment nicht. Sie hatten sich eine kleine Wohnung gemietet, so dass Harald das Haus verkaufen konnte. Dort fühlten sie sich sehr wohl.

Und, man sollte es kaum glauben, Robert war bei der Feier ebenfalls dabei. Er hatte sich bei Eliane für sein unmögliches Verhalten entschuldigt, mit der Begründung, dass er mit sich selbst und der ganzen Situation nicht zurechtgekommen sei. Und da Eliane schließlich nicht nachtragend war, meinte sie, dass sie ja sowieso nicht zusammengepasst hätten. Und nun verstanden sie sich sogar richtig gut.

Timo hatte inzwischen für alle Sekt eingegossen, reichte jedem ein Glas und sagte: »Auf unser „Café Früher" und natürlich auf uns alle und vor allem auf die Gesundheit. Sie verbrachten zusammen einen wunderschönen Abend, bevor am nächsten Tag der Alltag wieder losging. Es waren keine weiteren Katastrophen in Aussicht und das machte alle glücklich.

Dank

Ich bedanke mich bei meiner Familie, insbesondere bei meinem Mann und meinem Vater, die als erste Probeleser immer sofort jedes Kapitel zu lesen bekommen.

Auch bei meiner Freundin Christina Bischoff möchte ich mich ganz herzlich für ihre Unterstützung bedanken.

Mein ganz besonderer Dank gilt Claudia Mackiewicz, Dittmar Huniar und Frau B.Eichkorn für das Korrektorat und Lektorat.

Und ebenfalls Esther Brodkorb, die mir wichtige Informationen für dieses Buch gegeben hat. Vielen Dank liebe Esther!

Vielen Dank auch an Gertrude Gebauer, die dieses Buch mit ihren Zeichnungen verschönert hat.

Und natürlich allen meinen Lesern, ein herzliches Danke!

Eine kleine Bitte zum Schluss

Ich hoffe, dass Ihnen dieses Buch gefallen hat.
Der schnellste Weg, andere Leser an Ihren Erfahrungen teilhaben zu lassen, ist eine Rezension im Online-Buch-Shop.
Ihr Feedback hilft anderen Lesern, Neues zu entdecken. Außerdem hat man als Autor durch Ihr ehrliches Leser-Feedback die Möglichkeit, sich weiterzuentwickeln.
Vielen Dank im Voraus, wenn Sie sich ein paar Minuten Zeit nehmen und eine kleine Bewertung zum Buch veröffentlichen.

Und so geht es weiter…

Manuela Kusterer

Tamara, ihr Leben und das Café

Roman

Zweiter Teil
Seiten: 192
ISBN: 9783748183280

Seit Tamara bei ihrer Freundin Eliane im Café arbeitet, ist sie einer der glücklichsten Menschen auf Erden. Dachte sie zumindest bis vor acht Wochen, denn seit einiger Zeit verhält sich ihr Ehemann immer seltsamer. Hat er vielleicht eine Geliebte? Das kann sich Tamara allerdings nicht vorstellen, da er sich ihr gegenüber liebevoll wie immer verhält. Aber was ist es dann? Dazu kommt noch, dass sie drauf und dran ist, sich in einen anderen Mann zu verlieben. Verzweifelt sträubt sie sich gegen ihre Gefühle und versucht ihre Ehe zu retten......

Manuela Kusterer

Neues aus dem Café und andere Katastrophen

Dritter Teil

Seiten: 180

ISBN: 9 783750419803

Viviennes Traum von einer glücklichen Ehe ist wie eine Seifenblase geplatzt. Plötzlich merkt sie, dass ihre reichen Freundinnen sich alle von ihr abwenden. Was soll sie nur tun? Kontakt zu ihrem früheren Freundeskreis aufnehmen? Aber wie würde sie dort empfangen werden? Schließlich war sie damals nicht sehr nett zu ihnen gewesen. Vor allem Eliane hatte allen Grund, böse auf sie zu sein. Auch Tamara, Vivis beste Freundin aus alten Tagen, hatte sich schließlich von ihr abgewendet und arbeitete jetzt sogar in Elianes Café. Dann sind da noch Rebecca, Klara und Klaus aus der Wohngemeinschaft. Klara ist unsterblich in ihren Mitbewohner verliebt. Aber beruht das auf Gegenseitigkeit? Und Rebecca hat ihre eigenen Probleme. Sie wird von ihrem Ex-Freund gestalkt. Werden die Freundinnen bemerken, dass sich eine von ihnen in großer Gefahr befindet. Selbst Tamara mit ihrem Helfersyndrom ist im Moment mit sich selbst beschäftigt und bekommt nicht viel von ihrem Umfeld mit.